EXERCÍCIOS PARA
O CÉREBRO
DA CRIANÇA

EXERCÍCIOS PARA
O CÉREBRO
DA CRIANÇA

DANIEL J. SIEGEL E TINA PAYNE BRYSON

TRADUÇÃO: CÁSSIA ZANON

nVersos

Copyright © 2015 by Mind Your Brain, Inc and Tina Payne Bryson, Inc. Licença exclusiva para publicação em português brasileiro cedida à nVersos Editora. Todos os direitos reservados. Publicado originalmente na língua inglesa sob o título *The Whole-Brain Child Workbook*.

Todos os detalhes de identificação, inclusive os nomes, foram modificados, exceto aqueles pertencentes aos membros das famílias dos autores. Este livro não tem a intenção de substituir o aconselhamento de profissionais treinados.

Diretor Editorial e de Arte
Julio César Batista

Produção Editorial
Carlos Renato

Preparação
Rafaella A. de Vasconcellos

Revisão
Elisete Capellossa

Arte da Capa
Juliana Siberi inspirada na capa original de Misa Erder

Ilustrações
Tuesday Mourning

Editoração Eletrônica
Juliana Siberi

Dados Internacionais de Catalogação na Publicação (CIP)
(Câmara Brasileira do Livro, SP, Brasil)

Siegel, Daniel J.
 Exercícios para o cérebro da criança / Daniel J. Siegel e Tina Payne Bryson ; tradução Cássia Zanon. -- São Paulo, SP : nVersos Editora, 2022.

 Título Original: The whole-brain child workbook
 ISBN 978-65-87638-80-5

 1. Crianças - Desenvolvimento 2. Educação Infantil 3. Parentalidade 4. Psicologia comportamental 5. Psicologia infantil I. Bryson, Tina Payne. II. Título

22-123897   CDD-155.4

Índices para catálogo sistemático:

1. Psicologia infantil   155.4

Eliete Marques da Silva – Bibliotecária – CRB-8/9380

1ª Edição – 2022
Esta obra contempla
o Acordo Ortográfico
da Língua Portuguesa
Impresso no Brasil
Printed in Brazil

nVersos Editora
Rua Cabo Eduardo Alegre, 36
01257-060 – São Paulo – SP
Tel.: 11 3995-5617
www.nversos.com.br
nversos@nversos.com.br

SUMÁRIO

9 UMA MENSAGEM DE DAN E TINA

11 **CAPÍTULO 1:** CRIAÇÃO DE FILHOS LEVANDO O CÉREBRO EM CONSIDERAÇÃO

19 **CAPÍTULO 2:** DOIS CÉREBROS SÃO MELHORES DO QUE UM

    26 Estratégia do cérebro por inteiro nº 1: conectar e redirecionar

    39 Estratégia do cérebro por inteiro nº 2: nomear para disciplinar

53 **CAPÍTULO 3:** CONSTRUINDO A ESCADARIA DA MENTE. INTEGRANDO OS ANDARES DE CIMA E DE BAIXO DO CÉREBRO

63 Estratégia do cérebro por inteiro nº 3: envolver, não enfurecer

76 Estratégia do cérebro por inteiro nº 4: usar ou perder

80 Estratégia do cérebro por inteiro nº 5: mover ou perder

93 **CAPÍTULO 4:** MATE AS BORBOLETAS! INTEGRANDO A MEMÓRIA PARA CRESCIMENTO E CURA

104 Estratégia do cérebro por inteiro nº 6: usar o controle remoto da mente

113 Estratégia do cérebro por inteiro nº 7: lembrar para lembrar

127 **CAPÍTULO 5:** ESTADOS UNIDOS DE MIM: INTEGRANDO AS MUITAS PARTES DE MIM MESMO

137 Estratégia do cérebro por inteiro nº 8: deixe as nuvens de emoções passarem

143 Estratégia do cérebro por inteiro nº 9: examinar: prestando atenção ao que acontece por dentro

158 Estratégia do cérebro por inteiro nº 10: exercitar a visão mental: voltando ao eixo

171 CAPÍTULO 6: A CONEXÃO EU-NÓS: INTEGRANDO O *SELF* E OUTROS

185 Estratégia do cérebro por inteiro nº 11: aumentar o fator de diversão familiar: tratando de apreciar uns aos outros

194 Estratégia do cérebro por inteiro nº 12: conectar por meio do conflito: ensinando as crianças a argumentar com um "nós" em mente

211 CONCLUSÃO: JUNTANDO TUDO

215 SOBRE OS AUTORES

UMA MENSAGEM DE DAN E TINA

Queremos expressar nossa profunda admiração por você ter decidido abrir este livro. Ambos somos pais, então sabemos como, às vezes, é difícil simplesmente chegar ao fim de um dia, quem dirá ler um livro sobre criação de filhos. E agora, você decidiu não apenas ler um livro sobre criação de filhos, mas também explorar um contendo exercícios sobre o assunto! Respeitamos muito o compromisso que está assumindo para nutrir seus filhos e a saúde de sua família — assim como você mesmo.

Escrevemos esse livro de exercícios para você: pai ou mãe ocupado, possivelmente sobrecarregado, mas ainda comprometido, que quer entender em um nível ainda mais profundo o que significa se conectar com seus filhos. Talvez você esteja lendo sozinho ou como parte de um grupo. Talvez sequer seja tecnicamente pai ou mãe, mas queira entender e se relacionar melhor com as crianças de quem gosta. Talvez seja um educador de pais e esteja usando essa obra para conduzir um grupo a uma maior percepção e aplicação da abordagem do cérebro por inteiro. Seja qual for a sua situação, esse livro é para você.

Nas páginas seguintes, onde pedimos que escreva, serão necessárias apenas algumas linhas (é claro que você pode escrever mais, se quiser.) Escrever as coisas é uma maneira comprovada de aprofundar e ampliar sua compreensão, e é uma ótima maneira de entender o que se está fazendo e como é possível considerar fazer as coisas ainda melhor. Oferecemos várias atividades que você pode fazer sozinho e/ou com seus filhos, mas elas são absolutamente opcionais. Escrevemos o livro de exercícios de tal forma que cada capítulo se baseia no anterior, mas não há problema em mudar a ordem de leitura.

Em outras palavras, aqui não há regras absolutas. Não se trata de uma obrigação adicional pairando sobre sua cabeça, ou algo para você se sentir culpado por não fazer regularmente ou bem o suficiente. Esse livro de exercícios é apenas uma forma de você encontrar mais ajuda e apoio para o que deseja fazer: avançar em direção a uma compreensão e conexão mais profundas de seus filhos e entendimento mais completo de si mesmo como pai ou mãe.

Agradecemos por nos deixar fazer parte de sua jornada

DAN E TINA

1:
CRIAÇÃO DE FILHOS LEVANDO O CÉREBRO EM CONSIDERAÇÃO

Não somos prisioneiros para o resto da vida da forma como o cérebro funciona neste instante — nós podemos realmente reprogramá-lo para podermos ser mais saudáveis e mais felizes.

Isso vale não apenas para crianças e adolescentes, mas também para cada um de nós, em qualquer idade.

— *O Cérebro da Criança*

Na introdução ao livro *O Cérebro da Criança*, discutimos os dois objetivos que praticamente todos os pais compartilham. O primeiro e mais imediato é simplesmente sobreviver aos inúmeros momentos desafiadores que enfrentamos ao longo do dia enquanto interagimos com nossos filhos. Às vezes, parece que é tudo o que podemos esperar: simplesmente sobreviver.

Mas é claro que queremos almejar a mais do que a mera sobrevivência. Também queremos que nossos filhos prosperem. Queremos dar a eles experiências que os ajudem a se tornarem seres humanos melhores, que saibam o que significa amar e confiar, ser responsável, ser resiliente em tempos difíceis e viver com sentido. Queremos ajudá-los a prosperar.

Pense sobre esses objetivos ao iniciar o livro de exercícios. Fique em silêncio consigo mesmo, e então leia as perguntas a seguir. Depois de tirar um minuto para considerá-las, escreva suas respostas nas linhas apresentadas na sequência. Seja o mais claro e honesto que puder. Você pode pensar nesse livro como um diário pessoal, só para você.

Com que frequência, ao longo de um dia, você se vê simplesmente tentando sobreviver a um momento difícil com seus filhos? Pense em conflitos entre irmãos, problemas de comportamento, deveres de casa ou batalhas em torno do tempo de tela, desrespeito, preparar todos pela manhã ou qualquer outra coisa. Circule sua resposta:

1 a 2 vezes por dia   3 a 5 vezes por dia   Mais de 5 vezes por dia

Agora pense naqueles momentos de sobrevivência específicos. Muitos pais geralmente respondem a essas situações desafiadoras concentrando-se principalmente na sobrevivência a curto prazo. Quais são as suas técnicas de sobrevivência "de costume"? Você grita? Separa seus filhos? Oferece algum tipo de incentivo (um presente ou uma oportunidade) se o comportamento mudar? Você os ameaça? Impõe uma consequência? Faça uma lista de técnicas de sobrevivência que costuma usar:

_____
_____
_____
_____
_____
_____
_____

Agora mude o foco e pense em seus objetivos quando se trata de ajudar seus filhos a prosperar. O que você realmente deseja para eles, tanto agora quanto à medida que avançam para a adolescência e a idade adulta? Talvez tenha a ver com desfrutar de relacionamentos bem-sucedidos ou viver uma vida cheia de significado e importância. Talvez tenha a ver com ser feliz, independente ou bem-sucedido. Escreva sobre os "objetivos de prosperidade" para seus filhos. Quando pensa nas pessoas que eles se tornarão, quais valores são mais importantes para você?

_____
_____
_____
_____
_____
_____
_____
_____
_____
_____
_____
_____

Um dos nossos objetivos com *O Cérebro da Criança* é ajudar os pais a reconhecerem que os momentos de sobrevivência também são oportunidades para ajudar as crianças a prosperarem. Podemos pegar situações difíceis e usá-las para ensinar aos nossos filhos as lições valiosas que queremos que eles aprendam. Como explicamos na introdução de *O Cérebro da Criança*, "o que é ótimo nesta abordagem de 'sobreviver e prosperar' é que não precisamos tentar arranjar um tempo especial para ajudar nossos filhos a prosperarem. Podemos usar todas as interações compartilhadas — tanto as estressantes e irritadas quanto as milagrosas e adoráveis — como oportunidades para ajudá-los a se tornarem as pessoas responsáveis, atenciosas e capazes que queremos que se tornem. Para ajudá-los a serem mais eles mesmos, a se sentirem mais à vontade no mundo, mais plenos de resiliência e força. É disso que esse livro se trata: de usar esses momentos do dia a dia com os filhos para ajudá-los a se tornarem o tipo de pessoa que eles têm o potencial para ser".

Pare um minuto agora e pense em um momento específico dos últimos dias em que algo não deu certo entre você e um de seus filhos. Imagine-se naquele momento. Imagine a si mesmo e a seu filho. Agora escreva. Primeiro, descreva suas ações e reações à situação. Apenas explique o que fez, sem emoções, sem julgamento. Imagine que você é uma câmera gravando o que aconteceu (por exemplo: "Quando ele bateu na irmã, fiquei muito bravo. Não gritei, mas fui duro e disse que ele está crescido demais para fazer isso. Basicamente eu o envergonhei. Então eu...").

Escreva sobre sua experiência aqui.

_____
_____
_____
_____
_____
_____
_____
_____
_____

Agora aplique o modelo "sobreviver e prosperar" à situação. Quando olha para a sua reação, até que ponto você estava simplesmente tentando sobreviver ao que quer que estivesse dando errado naquele momento? E até que ponto suas ações ajudaram seu filho a prosperar e aprender lições importantes para usar no futuro? Lembre-se: ambos os objetivos são importantes. Não há nada de errado em sobreviver ao momento. A questão aqui é

CAPÍTULO 1

sobre o quanto você também estava prestando atenção na construção de habilidades de longo prazo e ajudando seu filho a crescer e aprender com a experiência. Escreva sobre isso aqui.

_____
_____
_____
_____
_____
_____
_____

Novamente, todos os pais enfrentam situações em que simplesmente precisam sobreviver. É extremamente difícil criar filhos e, às vezes, o melhor que podemos fazer é apenas passar pelo momento. Mas essas experiências serão muito mais valiosas se, em vez de apenas tentarmos ultrapassar o momento, também aproveitarmos a oportunidade para ensinar-lhes sobre amor, respeito, empatia, perdão e outras lições que queremos transmitir.

Você deve lembrar da importância que damos ao conceito de integração. Como há muitas partes diferentes no cérebro humano e cada uma tem funções diferentes, precisamos que todas funcionem como um todo integrado para conseguirmos funcionar da melhor maneira possível.

Como pais, queremos ajudar nossos filhos a se tornarem melhor integrados para conseguirem usar o cérebro inteiro de forma coordenada. Quando todas as áreas do cérebro do seu filho estão trabalhando juntas, ele experimenta uma sensação de integração e prosperidade. Por exemplo, você pode notar que, durante esses momentos de integração, seu filho consegue lidar melhor com qualquer contratempo, e as decepções podem ser gerenciadas com mais calma, pois ele tem paciência e discernimento para ser capaz de trabalhar com suas frustrações.

Nesses momentos, ele não é rígido nem caótico. Ele está no rio de bem-estar.

O restante do livro de exercícios ajudará você a focar mais especificamente em maneiras de ver os "momentos de sobrevivência" como oportunidades para ajudar seus filhos a prosperarem. Muitas vezes, o foco estará em ajudar você a melhorar sua própria capacidade de se manter no rio de bem-estar. Às vezes, vamos discutir como fazer o mesmo para seus filhos. Ao longo do caminho, ofereceremos várias oportunidades de aprofundar as ideias de *O Cérebro da Criança* e aplicar esses conceitos para ajudar seus filhos, você e toda a sua família a sobreviver e também a prosperar.

COMO USAR O LIVRO DE EXERCÍCIOS

Imaginamos que você usará esse livro de exercícios individualmente, lendo e escrevendo sozinho. Mas também o projetamos pensando em grupos. Terapeutas e educadores podem liderar grupos de pessoas que trabalham com os conceitos por conta própria e depois se reúnem e compartilham o que descobriram sozinhos. Mesmo não sendo profissional da área, sinta-se à vontade para reunir amigos e colegas cuidadores de crianças para discutir o que cada um descobre enquanto explora as ideias que incluímos aqui. Compartilhar e examinar esses conceitos com outras pessoas aprofundará a compreensão que você tem deles, e ajudará a aplicá-los para tornar o relacionamento com seus filhos muito mais significativo e importante.

Você verá também que incluímos muitas atividades e exercícios diferentes que podem ser realizados com seus filhos. Fazendo isso, você poderá ensiná-los sobre o cérebro e ajudá-los a entender conceitos básicos sobre o tema da integração (mesmo sem nunca usar tal palavra). Com isso, poderá prepará-los para serem seres humanos e parceiros de relacionamento melhores à medida que entrarem na adolescência e na idade adulta. Além disso, você fortalecerá o vínculo que tem com eles e ensinará habilidades importantes que não apenas irão ajudá-lo a sobreviver aos momentos difíceis da criação de filhos no dia a dia, como também os auxiliarão a prosperar e se tornarem mais felizes, saudáveis e mais completos.

2: DOIS CÉREBROS SÃO MELHORES DO QUE UM

Usar apenas o cérebro direito ou o esquerdo seria como tentar nadar usando apenas um braço. Talvez consigamos fazer isso, mas não teríamos muito mais sucesso — e evitaríamos nadar em círculos — se usássemos os dois braços juntos?

— *O Cérebro da Criança*

Como você costuma responder aos seus filhos quando eles estão chateados? Para alguns pais, a estratégia de costume é responder com o lado esquerdo do cérebro e se concentrar apenas em fatos e soluções. Essas frases soam familiares?

"Não se preocupe. Você não precisa ficar com medo. Não tem importância que quebrou. É só consertar".

"Não tem por que chorar. Perder faz parte do jogo".

"O dever de casa é o seu trabalho. Apenas faça-o. Se você se concentrar, vai terminar mais cedo".

Não há nada errado em oferecer uma resposta baseada em lógica — exceto que ela raramente funciona quando a criança está chateada. A lógica do cérebro esquerdo quase nunca funciona quando uma criança está no meio de um colapso do cérebro direito. Isso parece verdadeiro em relação aos seus filhos?

Outros pais podem reagir com o lado direito do cérebro. A boa notícia neste caso é que isso oferece uma chance de conexão emocional. O perigo, porém, é que, respondendo nós mesmos de um ponto de vista inteiramente emocional, corremos o risco de inundar nosso filho com mais caos e não conseguimos oferecer o tipo de resposta sintonizada de que ele precisa para vivenciar com segurança suas próprias emoções.

Hemisfério esquerdo	Hemisfério direito
Lógico	Capaz de sentir emoções e informações do corpo
Linear	Não linear
Linguístico	Não verbal
Literal	Capaz de colocar as coisas em contexto e visualizar o todo

O segredo, é claro, como explicamos em *O Cérebro da Criança*, é integrar os dois lados do cérebro, permitindo que trabalhem juntos como uma equipe. Não queremos trabalhar apenas com a perspectiva do lado esquerdo do cérebro — o que resultaria em um deserto emocional — ou apenas com a perspectiva do lado direito — que pode produzir um tsunami emocional. Nenhum dos lados funcionando sozinho por longos períodos de tempo é bom. Mas quando ambos trabalham juntos e tratamos nossos filhos a partir de uma perspectiva do cérebro por inteiro, somos capazes de atender suas necessidades de maneira muito mais plena e ajudar a guiá-los de volta ao rio de bem-estar.

Para te ajudar a entender a diferença entre o processamento no modo direito e esquerdo, tente fazer este breve exercício a seguir: reserve um momento para fazer uma pausa e refletir sobre a experiência do nascimento de seu filho, ou a primeira vez que segurou seu bebê ou outro momento significativo em sua vida.

Façamos isso agora. Feche os olhos, fique quieto e lembre-se do evento. Dê a si mesmo tempo para voltar à experiência e passeie por essa memória durante alguns momentos. Então abra os olhos e prossiga.

Se você pensou sobre o evento de forma linear, sem muita emoção ou sensações corporais, devia estar no modo do cérebro esquerdo. Nesse caso, sua história pode ser algo assim:

Bom, primeiro começaram as minhas contrações, então ligamos para o médico e fomos para o hospital. As enfermeiras me deram uma anestesia peridural. O médico chegou às 14h, e nosso filho nasceu 75 minutos depois. Meus pais entraram no quarto e...

Foi assim que você se lembrou do evento quando fechou os olhos? Provavelmente não. Na verdade, poucas pessoas se lembram de eventos significativos e importantes dessa maneira.

É mais frequente que se lembrem de experiências importantes através do modo do cérebro direito, em que diferentes imagens da memória surgem de uma maneira que, às vezes, parece não linear e quase aleatória, talvez até acompanhadas de sensações corporais e emoções que surgem conforme se recordam do que aconteceu. Isso se parece mais com a forma como você se lembrou do que houve?

De muitas maneiras, é parecido com acordar de um sonho: não é algo lógico, os eventos não fazem sentido; você pode, além disso, experimentar emoções e sentir peso, tristeza, euforia ou até raiva em seu corpo, assim como no evento original. Essa forma de lembrar é outra na qual o cérebro direito processa memórias.

Mas para realmente compreender a vida, não podemos usar apenas um modo ou outro. Precisamos tanto do cérebro esquerdo quanto do direito, com o primeiro dando palavras e ordem, e o segundo, texturas emocionais e contexto às nossas experiências. Em outras palavras, o ideal é integrar os dois modos de processamento o máximo possível.

O mesmo vale para nossos filhos, especialmente quando eles estão chateados e sem controle das emoções e do corpo.

COMO SEUS FILHOS SINALIZAM À VOCÊ QUE ESTÃO TENDO DIFICULDADES?

Reserve um minuto para descrever o que acontece quando seu filho está passando por um tsunami emocional. Como ele fica? O que ele faz? Chora? Grita? Atira objetos? Ao examinar a lista de respostas comuns a seguir, circule as que mais se aplicam ao seu filho. Sinta-se à vontade para adicionar suas próprias respostas caso seu filho tenha uma maneira exclusiva de surtar! Se tiver mais de um filho, você pode escrever a lista de cada filho em uma folha de papel separada para que seja mais fácil se concentrar em cada um individualmente.

CAPÍTULO 2

• Grita	• Fere a si mesmo fisicamente	• Fica com o rosto vermelho
• Chora		• Cerra os punhos
• Atira coisas	• Expressa raiva	• Bate os pés
• Bate	• Fere aos outros fisicamente	• Revira os olhos
• Ataca verbalmente ("Eu te odeio!" ou "Você é muito má!")	• Recusa-se a se comunicar	• Perde a linguagem (geme, resmunga...)
	• Bate portas	• Faz queixas físicas (Tem dores de estômago, dor de cabeça...)
• Choraminga	• Fica emburrado	
	• É sarcástico	

Agora que está pensando em como seu filho costuma expressar seu nível mais alto de intensidade emocional, reserve alguns minutos para listar quaisquer detalhes adicionais que possam ajudá-lo a pintar a imagem completa dele durante esses eventos.

_____
_____
_____
_____
_____
_____
_____
_____
_____
_____
_____
_____
_____
_____
_____

É compreensível que queira se concentrar em acabar com ataques de fúria ou birra como esses, além de outros comportamentos que parecem irracionais e exagerados. No entanto, olhando para as listas preenchidas, você percebe que algum dos comportamentos difíceis de seu filho podem ser interpretados simplesmente como sinais de que ele não está mais sendo capaz de regular o próprio comportamento? Que seu cérebro está "NÃO integrado" ou o que, de forma extrema, pode parecer "DESintegrado"? É isso que muitos dos comportamentos que você listou significa mensagens que seu filho envia para que você saiba que o cérebro dele não está em um estado de integração e que precisa de ajuda para desenvolver habilidades quando se trata de lidar com situações desafiadoras.

Então, agora que está consciente dos sinais dele, vamos refletir sobre como você pode liderar o caminho para a reintegração.

COMO VOCÊ RESPONDE QUANDO SEUS FILHOS ESTÃO CHATEADOS?

Agora, pense sobre você e em qual é sua reação em situações de alto estresse com seus filhos. Quando vê os sinais descritos anteriormente, qual é a sua resposta? Você geralmente responde com lógica, explicando os motivos pelos quais seu filho não deveria se sentir como se sente? Costuma casar emoção com emoção, elevando o caos na situação? Ou normalmente é mais integrado, combinando abordagens dos cérebros esquerdo e direito? Se for como a maioria dos pais, depende do dia!

Muito provavelmente você reage de forma diferente dependendo das circunstâncias, mas, de modo geral, como costuma responder? A seguir, circule o número que mais corresponde à sua resposta típica quando seu filho está passando por uma inundação emocional.

0	1	2	3	4	5	6	7	8	9	10

Cérebro esquerdo / Deserto emocional — Integração — Cérebro direito / Tsunami emocional

Agora, nas linhas apresentadas na sequência, aprofunde esse pensamento. Escreva, por exemplo, sobre o que desencadeia tal reação. Qual sensação você experimenta no próprio corpo quando seu filho explode emocionalmente? O que passa pela sua cabeça durante o tsunami? Como você se sente depois da onda passar? Sua reação é mais do cérebro esquerdo ou do direito? Não há respostas certas ou erradas aqui. É apenas uma chance para você esclarecer sua própria experiência nesses momentos.

Então, tire um minuto para relaxar, imagine a situação, se lhe for útil, e então escreva.

_____
_____
_____
_____
_____
_____
_____
_____
_____
_____
_____
_____
_____

Um dos principais objetivos deste capítulo é permitir que você tenha clareza sobre como costuma responder a seus filhos quando eles estão com dificuldades emocionais e também ajudá-los a pensar em como se sentem em relação à sua resposta típica às necessidades deles. Ter consciência da própria abordagem permite que faça alterações quando necessário.

Depois de tomar consciência da própria reação que costuma ter, você não apenas terá mais oportunidade de modelar o tipo de comportamento que deseja que seu filho exiba, como também será mais capaz de se conectar a ele da forma que ele precisa para devolver seu cérebro a um estado de integração.

ESTRATÉGIA DO CÉREBRO POR INTEIRO Nº 1:
CONECTAR E REDIRECIONAR

Ouvimos muitos pais nos dizerem que nossa estratégia de conectar e redirecionar funciona como mágica quando se trata de ajudá-los a alcançar o objetivo de sobrevivência de passar por um momento difícil, além do objetivo de sucesso de longo prazo de ajudar seus filhos a se tornarem pessoas resilientes, gentis, respeitosas e felizes. Você deve lembrar que a estratégia de conectar e redirecionar contém dois passos:

PASSO 1: CONECTAR COM O DIREITO

Quando seu filho está incomodado, a lógica frequentemente não funcionará até que tenhamos atendido às necessidades emocionais do cérebro direito. Reconhecer os sentimentos de maneira imparcial, usando toque físico, expressões faciais empáticas e um tom de voz carinhoso são todas maneiras de usar o cérebro direito para se conectar. Ao começar com esse ato de sintonia, você permite que seu filho se "sinta sentido" antes de começar a tentar resolver problemas ou tratar da situação.

PASSO 2: REDIRECIONAR COM O ESQUERDO

No momento em que sentir que o cérebro do seu filho se acalmou o suficiente para poder lidar com uma abordagem lógica do cérebro esquerdo, você pode redirecionar, resolvendo o problema junto com seu filho ou fazendo sugestões sobre o que ele pode fazer agora que está se sentindo mais calmo e mais no controle de si mesmo.

Conectar com o lado direito do cérebro	Redirecionar com o lado esquerdo cérebro
Toque	Soluções
Tom de voz	Palavras
Expressão facial	Planejamento
Empatia	Explicações lógicas
Pausa	Estabelecimento de limites

COM O QUE A CONEXÃO *NÃO* SE PARECE

Onde mais vemos a estratégia de conectar e redirecionar dar errado é quando os pais são acionados pelo tom de voz dos filhos ou por demandas "irracionais", de modo que ficam menos capazes de se conectarem com a sintonização real. Como resultado, as *palavras* dos pais parecem ser de conexão, mas a resposta geral não passa a sensação de ser calorosa e estimulante.

Por exemplo, você já se ouviu dizendo: "Estou vendo que você está muito bravo agora", mas diz isso com tom irritado ou de maneira robótica, não com carinho? Ou já se pegou franzindo a testa, com as mãos nos quadris enquanto diz: "Eu sei que você está com raiva de mim, mas eu disse para você se apressar três vezes!" A conexão exige mais do que apenas palavras gentis ou o reconhecimento de uma emoção. A sensação geral da interação precisa ser cheia de carinho e afeto para que a conexão ocorra. Nosso objetivo é que nosso filho se "sinta sentido" e perceba que nós entendemos o que está sentindo. Queremos que ele saiba que estamos lá para ele.

ESTRATÉGIA 1
EM VEZ DE ORDENAR E EXIGIR...

TENTE CONECTAR E REDIRECIONAR

Pare um momento agora e pense nas vezes em que seu filho ficou chateado e você ofereceu uma resposta sem conexão. Em um minuto, pediremos que explore mais essa ideia. Por enquanto, pense em alguns exemplos de quando você poderia ter sido mais caloroso e carinhoso quando seu filho precisou. Liste-os aqui.

_____
_____
_____
_____
_____
_____
_____
_____
_____
_____

É importante lembrar que, muitas vezes, nesses momentos difíceis, nosso filho não está simplesmente nos dando trabalho — em vez disso, ele está passando por um momento difícil e precisa da nossa ajuda para reintegrar o próprio cérebro.

COMO É A SUA COMUNICAÇÃO NÃO VERBAL?

Como discutimos em *O Cérebro da Criança*, a comunicação não verbal desempenha um grande papel na estratégia de conectar e redirecionar. Muitos de nós usamos esse tipo de comunicação automaticamente, sem pensar muito. Mas, novamente, quando nossa comunicação não verbal não está sincronizada com a verbal, isso pode ser muito confuso para as crianças.

Pense em todas as maneiras como você usa a comunicação não verbal com seu filho quando ele está emocionalmente sobrecarregado. Considere que seus próprios comportamentos podem ajudar ou dificultar a conexão com ele, dependendo de como você aborda cada situação.

Na tabela a seguir, listamos oito tipos distintos de comunicação não verbal que todos nós usamos diariamente. Em um esforço para entender mais profundamente como as sutilezas desses comportamentos podem afetar nossos filhos, pense um pouco em como diferentes abordagens podem resultar na criação ou na perda de conexão com seus filhos.

Nos espaços da tabela a seguir, descreva brevemente o que cada versão da comunicação não verbal diz ao seu filho. Você pode se fazer perguntas como: "Se eu fizer assim, como meu filho vai me ver? Como ele vê a si mesmo? Como me comunicar dessa forma pode fazer meu filho sentir que eu o compreendo (ou não o compreendo)?" Fornecemos um exemplo na primeira linha para dar uma ideia de como pequenas mudanças em seu comportamento podem fazer uma enorme diferença.

Criando conexão	Perdendo conexão
Contato visual: ficar na mesma altura da criança (ou melhor ainda, abaixo da altura dela) e olhar em seus olhos enquanto fala com ela a ajuda a se sentir segura e não ter a sensação de que o adulto é uma presença ameaçadora.	**Contato visual:** ficar de pé enquanto olha para ela de cima o faz parecer enorme, sentindo uma sensação de impotência. O que quer que diga dessa posição comunica ameaça a ela, o que a faz automaticamente querer se defender.
Expressão facial. Exemplos: *olhos "suaves", rosto relaxado...*	**Expressão facial.** Exemplos: *testa franzida, lábios apertados, olhos agressivos...*
Tom de voz. Exemplos: *baixo, reconfortante, tranquilo...*	**Tom de voz.** Exemplos: *tenso, alto, irritado...*
Postura. Exemplos: *ombros relaxados, mãos abertas, talvez ajoelhado...*	**Postura.** Exemplos: *braços cruzados, mãos nos quadris, inclinado para frente...*
Gestos. Exemplos: *toques suaves, oferta de abraços...*	**Gestos.** Exemplos: *apontar o dedo, erguer os braço...*

Criando conexão	Perdendo conexão
Tempo de resposta. Exemplos: deixar a criança terminar de falar, fazer perguntas antes de responder...	**Tempo de resposta**. Exemplos: interrupções, pausas longas e intimidantes...
Intensidade de resposta. Exemplos: manter a calma, ser paciente...	**Intensidade da resposta**. Exemplos: gritos, choro, grande intensidade...
Movimento corporal. Exemplos: aproximar-se, movimento relaxado, curvar-se...	**Movimento corporal**. Exemplos: afastar-se rapidamente, pisar forte, movimentos bruscos...

As crianças são incrivelmente perceptivas em relação a tudo – especialmente a nossas reações em relação a elas. Ao trabalhar com esse exercício, você está *se tornando mais consciente* de quantas maneiras não verbais você se comunica com seu filho e como cada uma delas pode afetar o quão conectado ou reativo seu filho se sente em relação a você em determinado momento.

Ainda assim, às vezes pode ser difícil ser pai da maneira que pretendemos — especialmente quando o comportamento de nossos filhos parece irracional ou a solução para o problema parece óbvia. É nesses momentos que muitas vezes cometemos o erro de tentar redirecionar ou resolver antes de nos conectarmos — corrigindo problemas sem perceber sentimentos ou oferecer empatia.

No entanto, entender qual é a sensação de quando isso acontece pode ajudar você a evitar cometer esse erro com seu filho. A reflexão a seguir foi pensada para fazer exatamente isso.

COMO VOCÊ QUER QUE RESPONDAM QUANDO VOCÊ ESTIVER CHATEADO?

Pense em uma experiência recente em que você esteve chateado e com dificuldade de lidar com alguma coisa. Pode ter a ver com seus filhos, talvez algo tenha acontecido no trabalho ou você tenha tido um conflito com alguém em sua vida.

Agora, imagine que você procurou por alguém de quem gosta — um amigo próximo ou seu parceiro — e disse a essa pessoa o quanto estava chateado. Imagine que, quando fez isso, essa pessoa discutiu com você, ou disse que você não deveria ficar tão aborrecido, tentou distraí-lo ou disse que você estava apenas cansado ou deveria parar de dar tanta importância ao que te chateava.

Pense nessa resposta por um minuto. Avalie qual a sensação que você tem no corpo. Sua mandíbula está apertada? Os olhos se enchem de lágrimas? O que você pode querer dizer em resposta? Você argumenta de volta? Você se fecha ou deseja se retirar? Você sente que essa pessoa é alguém em quem pode confiar na próxima vez que estiver chateado? Você se sente seguro e confortado? Ou muito solitário? Escreva sobre seus pensamentos e respostas:

_____
_____
_____
_____
_____

Agora visualize a mesma situação recente, mas, desta vez, imagine que a pessoa a quem você recorreu lhe ofereceu conexão. Nessa circunstância, você é ouvido e tranquilizado, validado e, mesmo que o problema não seja solucionado, a resposta permite que você se acalme, de modo que é capaz de começar a resolver o problema por conta própria. Escreva sobre o que imagina que sentiria, pensaria e experimentaria nesse segundo cenário:

_____
_____
_____
_____
_____

Como você já deve ter notado, ter alguém minimizando seu problema ou dizendo como resolvê-lo, quando o que realmente queremos é empatia, é um caminho direto para nos sentirmos desconectados e mais reativos em relação a essa pessoa!

Obviamente, queremos que nossos filhos obtenham a resposta mais focada na conexão, mas nem sempre é o que acontece. Como pais, é impossível não ficarmos frustrados às vezes, mas estarmos mais cientes do que nos faz perder a conexão permite que façamos pequenas mudanças em nossas respostas, e isso pode ter um grande efeito na reação de nossos filhos.

O QUE IMPEDE VOCÊ DE SE CONECTAR

Portanto, se temos a intenção de sermos pais conectados, o que nos impede de sermos capazes de fazer isso o tempo todo? As respostas para isso podem ser complexas e variadas. Vamos dar uma olhada em quais são as respostas para você.

Primeiro, pense em qualquer coisa que te impeça de se conectar com seu filho. Alguma dessas questões parece verdadeira para você?

- Sua falta de sono;
- Medo de reforçar um mau comportamento;
- Esperar demais de seus filhos na idade em que estão;
- Desconforto de ser julgado por familiares ou estranhos (que eles pensem que você é duro ou permissivo demais);
- Sentir-se sobrecarregado por outros compromissos (ser pontual, seguir um plano, cuidar dos outros filhos etc.).

Esses são apenas exemplos de coisas que impedem a conexão para a maioria dos pais de tempos em tempos. O que mais você acrescentaria à lista? Em outras palavras, pense na última vez que seu filho ficou chateado e sua resposta deixou vocês dois se sentindo desconectados um do outro e ainda mais chateados. Escreva sobre a causa — ou causas — dessa desconexão. Lembre-se, concentre-se agora em sua própria resposta à situação, não no comportamento de seu filho.

_____
_____
_____
_____
_____
_____
_____

Reconhecer todas as maneiras pelas quais nossas vidas agitadas e sensibilidades atrapalham nossos objetivos pode ser uma experiência reveladora para muitos pais. Costumamos culpar a nós mesmos ou nos sentirmos culpados por não sermos capazes de fazer o que achamos que deveríamos, sem compreender as complexas razões por trás do *porquê* de não conseguirmos fazer o que pretendíamos.

As reflexões que você acabou de concluir exigiram que olhasse profundamente para muitas emoções e reações sutis das quais talvez não tivesse consciência antes. Isso exigiu muito trabalho da sua parte. Reserve um minuto para reconhecer isso e parabenizar por ser tão honesto consigo mesmo.

Com essa percepção focada agora fazendo parte da sua caixa de ferramentas, vamos avançar e combiná-la com a estratégia de conectar e redirecionar usando exemplos de suas situações familiares.

IMAGINANDO A CONEXÃO

Vamos começar com um exemplo hipotético para definir o cenário. Na primeira coluna da tabela a seguir, apresentamos um dilema parental que você pode vir a enfrentar, em que uma criança está animada para ir a uma festa do pijama e você tem seus próprios planos. Mas, quando chega a hora de sair, ela se recusa, dizendo que tem medo de dormir fora de casa.

Na tabela a seguir, segunda coluna, demos uma resposta típica dos pais, que não se concentra na conexão, mas em garantir a agenda *dos pais*. A resposta da criança a esse método está descrita na terceira coluna.

A quarta coluna dá uma ideia de como seria uma conexão real, em que o pai ou a mãe permitem que a criança se sinta sentida e ouvida e, então, como passariam para o redirecionamento. A quinta coluna mostra qual seria a reação da criança.

Deixamos ainda alguns espaços em branco para você preencher com seus próprios cenários. Na primeira coluna, pense em uma situação real que enfrentou com um de seus filhos. Em seguida, escreva como você responderia normalmente à situação e como poderia lidar melhor com ela se tivesse focado em se conectar antes de redirecionar. Coloque-se no lugar do seu filho e preencha como ele pode ter se sentido e como responderia às suas diferentes abordagens.

CAPÍTULO 2

Cenário em que a criança fica chateada	Resposta típica dos pais	O que a criança pode sentir/fazer	Como seria conectar e redirecionar	O que a criança pode sentir/fazer
Criança animada com uma festa do pijama, mas não quer ir no último minuto.	"O quê?! Mas você estava louca para ir nessa festa do pijama!" ou "Ah, você vai ficar bem! Vai se divertir muito!"	Sentir-se dispensada e que os pais estão negando e minimizando seus sentimentos. Ela vai se fechar e se recusar a ir.	Puxe a criança para perto; respire fundo e diga: "Parece que você está em dúvida". Valide os sentimentos e então resolva o problema.	Sentir-se compreendida e apoiada. Consegue se acalmar e falar da preocupação e de estar com medo.

Cenário em que a criança fica chateada	Resposta típica dos pais	O que a criança pode sentir/fazer	Como seria conectar e redirecionar	O que a criança pode sentir/fazer

Quanto mais você testemunhar seu filho respondendo positivamente à estratégia de conectar e redirecionar, maior a probabilidade de usá-la. E quanto mais praticar, mais ela se tornará uma de suas respostas padrão quando seu filho estiver passando por dificuldades.

Você pode achar útil voltar a essas reflexões à medida que sua familiaridade com a estratégia de conectar e redirecionar se aprofunda para ver se ainda fica preso em determinadas áreas. Mas, por enquanto, vamos para a próxima estratégia do cérebro por inteiro.

ESTRATÉGIA DO CÉREBRO POR INTEIRO Nº 2: NOMEAR PARA DISCIPLINAR

Para crianças pequenas, não é apenas um trauma "grande" como um acidente de carro ou a morte de um avô que pode parecer avassalador e desconcertante. O mesmo pode acontecer com um trauma "pequeno", como levar um tombo no parquinho ou perder um bicho de pelúcia favorito. Grandes emoções e sensações corporais podem inundar o cérebro direito do seu filho, impedindo que ele se acalme ou deixando-o preso em seu medo.

Como pais, pode ser tentador ignorar ou encobrir certos eventos — especialmente aqueles que nos parecem pequenos ("Pare de chorar. Você está bem!"). Em vez disso, quando recordamos da estratégia "nomear para domar", lembramos que usar a contação de histórias ajuda nosso filho a acalmar seu cérebro direito inundado e acessar o cérebro esquerdo lógico para explicar e colocar as coisas em ordem após um pequeno (ou grande) evento traumático.

ESTRATÉGIA 2
EM VEZ DE DESPREZAR E NEGAR...

— Caí e machuquei o joelho!

— Não chore. Está tudo bem! Não fique triste. Você está bem. Só tome mais cuidado!

TENTE NOMEAR PARA DISCIPLINAR

— Caí e machuquei o joelho!

— Deve estar doendo. Vi você correr, tropeçar e arranhar o joelho. Depois, o que aconteceu?

— A mamãe veio.

— Isso mesmo. Abracei você e fiz carinho. Você está se sentindo melhor?

— Sim.

— Quer que eu mostre como aconteceu?

— Quero.

As histórias de que nossos filhos precisam incluem tanto a lógica e as palavras do cérebro esquerdo quanto a capacidade do cérebro direito de perceber emoção, contexto e significado, para que possamos levá-los de volta a um estado em que sejam capazes de resolver problemas, criar estratégias e experimentar uma sensação de poder sobre a situação.

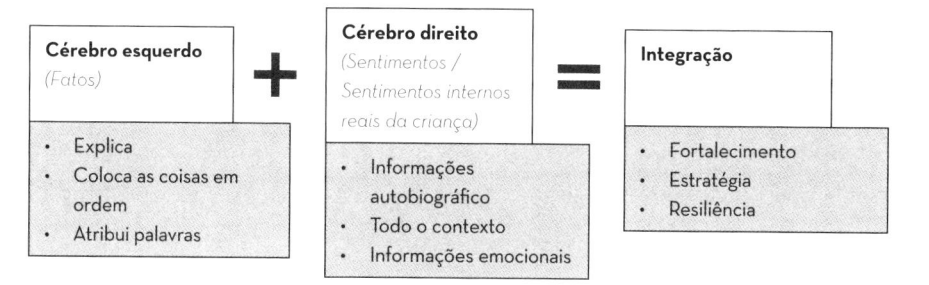

Cérebro esquerdo *(Fatos)*	+	Cérebro direito *(Sentimentos / Sentimentos internos reais da criança)*	=	Integração
• Explica • Coloca as coisas em ordem • Atribui palavras		• Informações autobiográfico • Todo o contexto • Informações emocionais		• Fortalecimento • Estratégia • Resiliência

PARA QUE LADO SEU CÉREBRO PENDE?

Você se lembra do início do capítulo, quando perguntamos se você costuma responder principalmente com uma abordagem do lado esquerdo ou direito do cérebro quando seu filho está chateado? Vamos pensar um pouco agora sobre o quanto o cérebro esquerdo ou direito é dominante em você.

Em sua vida fora da criação dos filhos, você se concentra apenas em fatos e estratégias de conversa, sem reconhecer sentimentos? Tende a entrar no modo de conserto quando se depara com problemas? Nesse caso, é provável que você aborde as questões mais através do cérebro esquerdo.

Por outro lado, você se vê frequentemente inundado de emoção em reação a situações internas e externas? Você é capaz de sentir empatia em relação aos outros e combinar as emoções deles com as suas — às vezes até além do que é saudável e útil? Nesse caso, você provavelmente opera predominantemente com o cérebro direito.

Dedique um minuto a explorar tal questão. Em sua vida como um todo, você costuma ser mais cérebro esquerdo ou cérebro direito?

_____
_____
_____
_____
_____
_____

O QUE INFLUENCIA SUAS RESPOSTAS ÀS EMOÇÕES DE SEUS FILHOS?

Agora pense de onde suas respostas típicas podem ter vindo. Quando pensa em sua própria infância, como os sentimentos eram tratados na sua família? Suas emoções eram descartadas ou tratadas como vergonhosas por seus pais, de modo que você aprendeu a escondê-las sempre que começassem a surgir? Ou, pelo contrário, seus cuidadores viviam no meio de um *tsunami* emocional, de modo que às vezes você precisava de um abrigo da tempestade de suas emoções?

O que você se lembra de funcionar e não funcionar em relação à forma como seus cuidadores respondiam às emoções da sua infância? Detalhe suas lembranças aqui:

CAPÍTULO 2

_____
_____
_____
_____
_____
_____
_____
_____

Agora, compare a maneira como respondiam quando você estava chateado quando criança com a forma como reage aos seus filhos quando eles estão com dificuldades. Em última análise, nossas próprias experiências da infância afetam a abordagem parental que usamos com nossos próprios filhos. Como adultos, muitas vezes nos vemos querendo fazer as coisas de forma diferente de como nossos pais faziam ou seguindo o exemplo deles. Os comportamentos de nossos filhos podem resgatar muitas emoções não resolvidas para nós que, às vezes, podem atrapalhar que consigamos criar nossos filhos da forma como queremos.

Que semelhanças você percebe entre suas próprias reações e as de seus pais no que tange grandes emoções? E onde você agiu de modo diferente da forma como foi criado quando surgiram momentos difíceis?

_____
_____
_____
_____
_____
_____
_____

Essa exploração de seus próprios sentimentos e experiências é extremamente importante — tanto para você quanto para seus filhos. *Na verdade, o melhor indicador da qualidade do apego dos filhos é a forma como os pais deram sentido à própria trajetória, expressa em como eles contam sua história de vida.* Essas narrativas podem revelar como cada um de nós tem modelos mentais, ou esquemas, de como os relacionamentos devem funcionar. Esses modelos são baseados em relacionamentos passados e determinam como funcionamos nas relações atuais com nossos parceiros, familiares, amigos e filhos.

Portanto, quanto mais refletirmos e compreendermos a nós mesmos agora, e às nossas histórias do passado com nossos pais, melhor poderemos entender por que estamos reagindo da maneira que reagimos com nossos filhos (a propósito, essa ideia é central no livro de Dan, *Parentalidade Consciente*, escrito com Mary Hartzell. É um bom recurso caso esteja interessado em explorar esses conceitos de forma mais completa e aprender a dar sentido à sua própria história de vida).

QUANTO APOIO VOCÊ SENTE COMO PAI OU MÃE?

Ao tentar se conectar com seus filhos e ser mais carinhoso e receptivo quando eles estão passando por dificuldades, você recebe apoio de outros adultos nesse esforço realizado na vida de seus filhos? Pense em seu parceiro, seus pais, seus sogros e qualquer outra pessoa. O quanto você sente que faz parte de uma equipe de cuidadores, todos trabalhando para oferecer cuidados consistentes e amorosos aos seus filhos?

Dependendo do que escreveu aqui, talvez você queira explorar essas ideias com os outros cuidadores na vida de seu filho. Tornar-se consciente dos nossos vários sentimentos em relação às dificuldades emocionais e comportamentais dos filhos é um passo importante para sermos capazes de perceber sem colorir o momento com nossas próprias reações e necessidades emocionais.

CRIANÇAS COM CÉREBRO POR INTEIRO

Como você sabe, *O Cérebro da Criança* apresenta várias ilustrações de "crianças com cérebro por inteiro" para ajudar os pais a ensinar aos filhos alguns dos principais conceitos do livro. Uma em especial se concentra em como os cérebros das crianças ficam inundados de emoção e por que contar histórias e conversar em momentos difíceis pode ser tão tranquilizador.

Nós a reproduzimos aqui para que você possa lê-la com seus filhos.

Contextualizar um evento perturbador ou confuso para uma criança e dar a ela as palavras que podem ser usadas para acessar e explicar suas emoções a ajuda a acessar o cérebro esquerdo lógico e acalmar o cérebro direito emocional.

ME CONTE UMA HISTÓRIA

Uma das maneiras mais úteis de orientar seu filho a atravessar um evento difícil é contar uma história sobre eventos passados ou até mesmo futuros que estejam causando medo ou ansiedade. Quando estamos lidando com temores ou preocupações de longo prazo, aqueles que parecem persistentes, criar um livro de histórias pode permitir que você fale sobre os eventos (palavras do lado esquerdo do cérebro) e os sentimentos e interconexões entre vários aspectos de sua vida (as emoções ricas e o contexto do lado direito do cérebro) com seu filho. Isso pode ajudar a domar a reatividade

CRIANÇAS COM CÉREBRO POR INTEIRO:
INSTRUA SEUS FILHOS A TORNAREM EXPLÍCITAS AS MEMÓRIAS IMPLÍCITAS

SEU CÉREBRO ESQUERDO E SEU CÉREBRO DIREITO

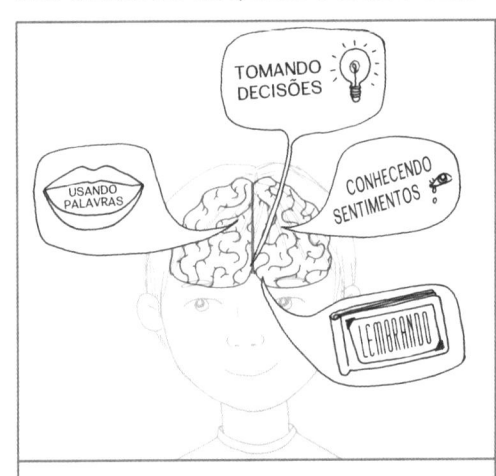

SABIA QUE O CÉREBRO TEM MUITAS PARTES E TODAS FAZEM COISAS DIFERENTES? É QUASE COMO SE VOCÊ TIVESSE CÉREBROS DIFERENTES COM SUAS PRÓPRIAS MENTES. CONTUDO, PODEMOS AJUDAR TODAS A SE DAREM BEM E TRABALHAREM UMAS COM AS OUTRAS.

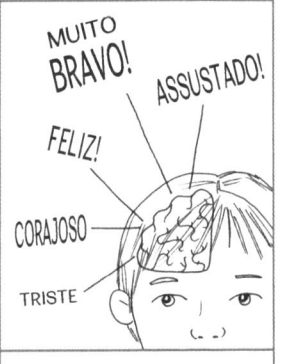

NOSSO CÉREBRO DIREITO ESCUTA O CORPO E SABE DE NOSSOS SENTIMENTOS, COMO QUANDO NOS SENTIMOS FELIZES, CORAJOSOS, MEDROSOS, TRISTES OU MUITO BRAVOS. É IMPORTANTE PRESTAR ATENÇÃO A ESSES SENTIMENTOS E FALAR SOBRE ELES.

ÀS VEZES, QUANDO FICAMOS CHATEADOS E NÃO QUEREMOS FALAR SOBRE ISSO, NOSSOS SENTIMENTOS PODEM SE ACUMULAR DENTRO DE NÓS, COMO UMA GRANDE ONDA QUE NOS INUNDA E NOS FAZ DIZER OU FAZER COISAS QUE NÃO QUEREMOS.

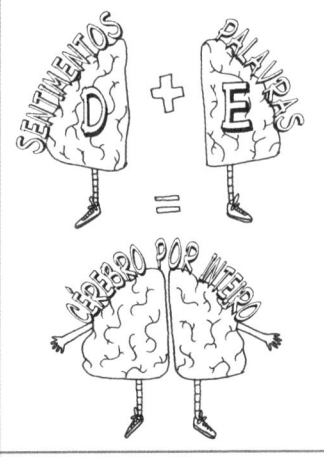

CONTUDO, O CÉREBRO ESQUERDO PODE AJUDAR A EXPRESSAR NOSSOS SENTIMENTOS EM PALAVRAS. ENTÃO, NOSSO CÉREBRO POR INTEIRO PODE TRABALHAR EM CONJUNTO, COMO UM TIME, E CONSEGUIMOS NOS ACALMAR.

CAPÍTULO 2

POR EXEMPLO:

> Estou muito brava! Ela é minha melhor amiga e, agora, Lizzie será a melhor amiga dela.

Annie adoeceu e precisou faltar ao aniversário da amiga. Ela ficou tão brava por ter ficado em casa que uma imensa onda de raiva cresceu e cresceu e estava prestes a recair nela.

O pai de Annie ajudou-a a falar sobre o que estava sentindo.

Quando ela usou palavras para expressar o que estava sentindo, o cérebro esquerdo a ajudou a surfar na grande onda de raiva do cérebro direito e ela deslizou até a praia, tranquila e feliz.

do hemisfério direito. Também permite que você pegue um evento que possa estar produzindo imagens e emoções fortes que a criança pode não ter entendido e traga uma linguagem linear para explicá-lo de modo que a história se torne uma experiência integrada.

Tais livros podem ter a simplicidade ou a complexidade que você desejar. Tina fez um para o filho mais novo antes de ele começar a frequentar o Ensino Infantil. Sabendo que o primeiro dia de aula pode ser assustador para uma criança pequena, ela queria que o menino se sentisse o mais confortável possível quando entrasse na sala de aula. Então, os dois visitaram a escola antes do primeiro dia e tiraram fotos das salas de aula, do parquinho, dos professores — até dos banheiros! Juntos, colocaram as fotos em um documento simples no computador, que ela imprimiu e amarrou com um barbante.

Nos dias que antecederam o primeiro dia de aula, quando ele tinha dúvidas ou preocupações sobre o tema, os dois liam "Quando J.P. vai à escola". Enquanto eles olhavam cada página, ela lia os detalhes simples que acompanhavam cada foto. Por exemplo, a primeira página apresentava ao filho a ideia de se preparar para a escola:

> *Hoje é dia de aula para J.P. Ele vai para sua própria escola! Ele vai aprender coisas divertidas e brincar com os amigos. Primeiro, J.P. se arruma para ir à escola. Ele toma um café da manhã saudável e escova os dentes. Então, pega suas roupas e se veste sozinho. Ele é um menino grande!*

O livro continua com detalhes sobre a rotina matinal e, em seguida, adiciona informações autobiográficas e contexto à história, ao mesmo tempo em que traz os sentimentos e emoções do cérebro direito do menino:

> *Às vezes, J.P. pode ficar triste quando a mamãe ou o papai se despedem, mas ele é um menino corajoso. Caso se sinta triste, pode olhar para a o pôster dos Dodgers e se lembrar que a mamãe e o papai logo estarão de volta. Pode chamar as professoras se precisar de ajuda ou conforto. Então ele vai se sentir melhor e brincar com os amigos.*

Chegando ao final do livro, Tina permitiu que seu filho experimentasse uma sensação de domínio e controle sobre sua experiência:

> *Ao fim de cada dia, J.P. chegará em casa e contará para a mamãe, para o papai e para seus irmãos mais velhos sobre o tempo que passou na escola e ficaremos muito felizes em saber sobre seu dia na escola!*

O livro de J.P. também incluía detalhes sobre como seria a rotina matinal na escola, o que ele faria nas aulas, fotos das professoras e da classe e o que poderia esperar quando a mamãe ou o papai o buscassem na escola no fim do dia.

É comum que as crianças tenham medo, mas não entendam realmente do quê ou como falar sobre isso. Queremos estar sintonizados o suficiente com nossos filhos para conseguirmos entender seus temores e ajudá-los a traduzir as emoções em palavras. Fazendo isso, ajudamos a domá-los e integrá-los. Sentar com eles e ler o livro deles o quanto quiserem pode permitir que trabalhem com suas preocupações — em relação a uma nova escola, medos de monstros ou qualquer outra coisa — em um lugar seguro, com um adulto capaz de confortá-lo e apoiá-lo.

Se quiser produzir um livro com seu filho, escolha um evento que esteja causando estresse, medo, ansiedade, dor ou qualquer tipo de infelicidade. Talvez seja a próxima consulta médica ou a chegada de um novo irmão. Ou quem sabe um evento do passado que ainda o esteja incomodando. Lembre-se: o que pode ser uma experiência empolgante ou sem intercorrências para você pode ser a causa de grandes emoções negativas para a criança, e ela pode não ter ideia de como entender ou expressar o que está acontecendo dentro dela.

Ao elaborar o livro, você pode usar fotografias ou desenhar bonequinhos de palito. Pode fazer tudo à mão ou imprimir do computador. O livro pode ter quantas páginas você precisar para contar a história em detalhes. A aparência importa menos do que o conteúdo e as emoções nas quais você se aprofunda. Frases simples e um pouco de trabalho de detetive para entender a mente dele farão com que este livro permita que seu filho deixe de ter dificuldades com um *tsunami* emocional e passe a surfar com maestria nas ondas de suas emoções.

A estratégia de "nomear para domar" enfatiza três prioridades básicas da contação de histórias:

> **Os fatos**: *trate das informações do cérebro esquerdo para que o que realmente aconteceu possa ser compreendido.*
>
> **Os sentimentos do seu filho:** *explore a experiência interna da criança, seja ela qual for – não apenas a versão maquiada, que é toda luminosa e colorida.*
>
> **Uma mensagem de empoderamento:** *dê ao seu filho algo que ele possa fazer para se sentir melhor e alcançar o domínio. Isso pode envolver oferecer algum tipo de ferramenta para ajudar a regular as emoções (como o pôster dos Dodgers e um lembrete de que J.P. poderia falar com a professora).*

Talvez você descubra seu filho querendo ler esse livro várias vezes. Pode ser exatamente o que você precisa para conversar sobre a situação, os sentimentos sobre a experiência e a maneira de capacitá-lo a gerenciar emoções difíceis com sucesso. A partir daí, poderá começar a entendê-lo mais profundamente e ajudá-lo a alcançar um lugar de conforto.

Esta é a beleza de tratar das necessidades dos cérebros esquerdo e direito de nossos filhos com uma conexão sintonizada. Fazer isso nos permite sermos o guia de que eles precisam para entender e acalmar suas próprias emoções.

3:

CONSTRUINDO A ESCADARIA DA MENTE

INTEGRANDO OS ANDARES DE CIMA E DE BAIXO DO CÉREBRO

> *Um dos principais objetivos de qualquer pai ou mãe deve ser ajudar a construir e reforçar a escadaria metafórica que conecta os cérebros superior e inferior, para que os dois consigam trabalhar em equipe.*
>
> — O Cérebro da Criança

Entre as muitas habilidades que os pais esperam ensinar aos filhos, ser capaz de controlar impulsos, acalmar grandes sentimentos e tomar boas decisões está no topo da lista. Como a área do cérebro que controla essas funções não se desenvolve completamente até que as pessoas atinjam seus poucos anos de idade, os pais precisam ensinar essas habilidades com alguma compreensão do que e quando ensinar e quanto seu filho pode entender a cada momento.

Você deve se lembrar de que, em *O Cérebro da Criança*, vimos o cérebro como uma casa com um andar de cima, um de baixo e uma escada que conecta os dois. As funções pertencentes ao cérebro do andar de baixo são mais primitivas e envolvem necessidades e instintos básicos. O cérebro do andar de cima, por outro lado, é mais sofisticado e responsável por muitas das características e comportamentos que esperamos ver em nossos filhos.

Cérebro do andar de baixo	Cérebro do andar de cima
Resposta de lutar / fugir / paralisar	Tomada de decisão e planejamento de qualidade
Função autônoma (respirar, piscar, instinto etc.)	Equilíbrio de emoções e corpo
Memórias sensoriais	Autocompreensão / reflexão
Emoções fortes (medo, raiva, excitação, etc.)	Empatia
Agir antes de pensar	Moralidade

Quando essas duas partes do cérebro estão integradas, a pessoa é capaz de realizar tarefas complexas, como fazer uma pausa para considerar as consequências antes de agir, considerar os sentimentos dos outros e fazer julgamentos morais ou éticos.

No entanto, precisamos lembrar que esse cérebro do andar de cima não conclui seu desenvolvimento antes dos 20 e poucos anos de idade, o que significa que, até lá, corre o risco de não funcionar bem às vezes. Tendo isso em mente, não se pode esperar que crianças e adolescentes exibam o mesmo tipo de controle sobre seus corpos, emoções e ações dos adultos. Francamente, mesmo com um cérebro andar de cima totalmente desenvolvido, muitos adultos não têm prática suficiente para usá-lo e ainda têm dificuldade em acessar as habilidades associadas a ele!

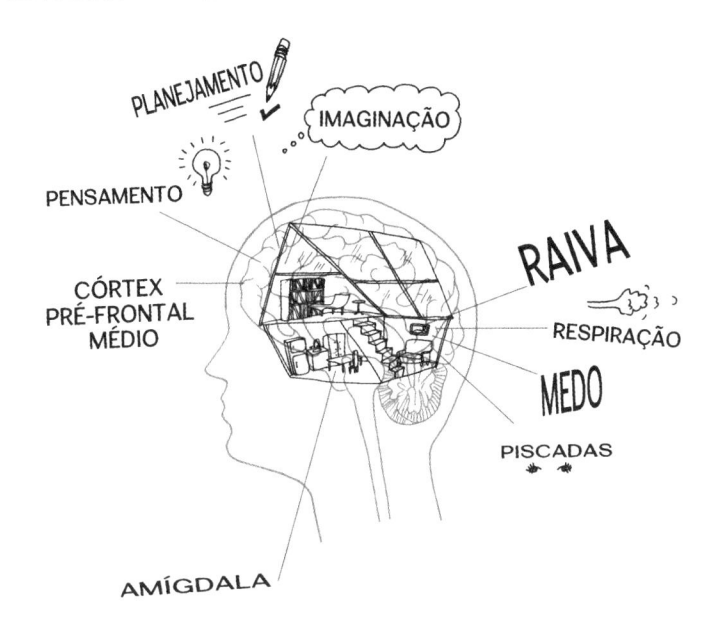

Diagrama do cérebro com rótulos: PLANEJAMENTO, IMAGINAÇÃO, PENSAMENTO, CÓRTEX PRÉ-FRONTAL MÉDIO, RAIVA, RESPIRAÇÃO, MEDO, PISCADAS, AMÍGDALA.

QUAIS SÃO AS SUAS EXPECTATIVAS PARA OS SEUS FILHOS?

Vamos discutir o que significa fazer um inventário honesto de nossas expectativas conscientes e inconscientes, a fim de fazer ajustes realistas sobre o que acreditamos que nossos filhos são capazes.

Quando você considera suas crenças sobre seu filho e como responde a ele, quanto você o culpa por seu mau comportamento? Há momentos em que supõe que o mau comportamento é por conta de falhas de caráter ou porque há algo errado com ele ou mesmo que esteja apenas escolhendo não fazer a coisa certa? Você teve a sensação de que ele realmente poderia se sair melhor, mas simplesmente não quer?

Por exemplo, aqui está uma maneira de olhar para uma criança que se recusa a fazer a lição de casa.

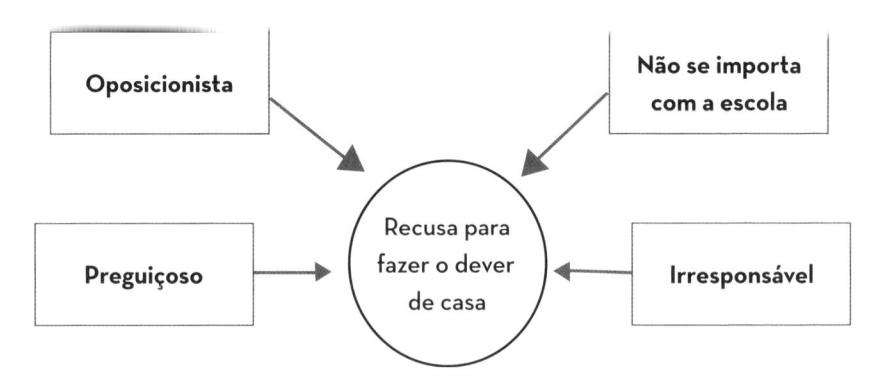

```
   Oposicionista              Não se importa
                              com a escola
          ↘                   ↙
   Preguiçoso  →  Recusa para  ←  Irresponsável
                  fazer o dever
                     de casa
```

Em um esforço para analisar esse comportamento com tudo o que sabemos sobre o cérebro, também poderíamos vê-lo da seguinte forma:

Repreendido pelo professor por erros — perdeu a crença nas próprias habilidades (enfurecendo o cérebro do andar de baixo, o que o levou à recusa de participar da aula

A quantidade de dever de casa parece exagerada — a amígdala é ativada por novas tarefas e gera modos reativos ou fechados

→ **Recusa para fazer o dever de casa** ←

O irmão mais velho se destaca na escola — sente-se pressionado a fazer o mesmo (cérebro do andar de baixo enfurecido pelas comparações dos pais)

Sente fome ou cansaço, sem ter tempo suficiente para brincar e precisa de mais movimento — incapacidade de se concentrar

Há momentos em que você espera demais do seu filho? Para uma criança mais nova, isso pode ter a ver com permanecer sentada durante as refeições ou compartilhar, ou lidar com uma situação assustadora. Para uma mais velha, pode ter mais a ver com manter-se organizado ou planejar com antecedência os trabalhos escolares, controlar as próprias emoções, administrar a ansiedade ou ser paciente com os irmãos. Liste exemplos de momentos em que suas expectativas podem ser um pouco irracionais — especialmente considerando que o cérebro do andar de cima não está totalmente desenvolvido — e escreva uma ou duas frases explicando cada uma.

_____
_____
_____
_____
_____
_____
_____

Em seguida, escreva sobre os passos específicos que você poderia tomar para lidar com o comportamento de seu filho, agora que pensou mais sobre suas expectativas. Por exemplo, em vez de esperar que seu filho de 2 anos de idade fique sentado em silêncio durante uma refeição sem fazer bagunça, você pode manter páginas para colorir ou massinha de modelar sempre à mão. Ou talvez possa trabalhar com seu aluno do final do Ensino Fundamental fazendo verificações regulares e ajudá-lo a usar uma agenda e a organizar os deveres de casa. Liste duas ou três estratégias aqui.

Agora, pense em ações específicas que você pode realizar para obter apoio em seu novo conjunto de expectativas. Talvez você peça ao seu parceiro que concorde em ajudar com as mudanças, ou elabore um plano para ter mais tempo pela manhã antes da escola para reduzir o estresse, ou então ligue para um vizinho para trocar experiências vivenciadas com seus filhos. Liste algumas etapas de ação nas linhas a seguir.

_____
_____
_____
_____
_____
_____

O que descobrimos é que, quando os pais têm uma melhor compreensão do desenvolvimento infantil e do cérebro em desenvolvimento de seus filhos e são mais capazes de definir expectativas realistas e apropriadas para a idade das crianças, o resultado é uma grande redução nas lutas de poder e mau comportamento.

Ao refletir sobre quais habilidades seu filho ainda não desenvolveu, você se torna mais capaz de entender que quando ele está "se comportando mal", na verdade é um sinal de que está tendo problemas para realizar o que está sendo pedido e talvez precise de ajuda.

Isso não quer dizer que você feche os olhos para o mau comportamento. Na verdade, entender como os cérebros do andar de cima e de baixo funcionam dá aos pais uma estratégia eficaz para responder no calor do momento — como quando seu filho faz birra.

RESPONDENDO ÀS BIRRAS

Quando ocorrem ataques de birras — e eles ocorrem —, muitos pais imediatamente implementam o método de ordenar e exigir: "*Parem de brigar agora! Dê uma chance à sua irmã com a bola!*"

No entanto, abordar uma birra dessa maneira aciona o cérebro do andar de baixo do seu filho e resulta em uma luta pelo poder. Seu filho não se sentirá compreendido, e você ensinará a ele que fazer exigências o capacitará a conseguir o que quer.

A disciplina, em um momento de birra, será muito mais eficaz se você começar entendendo a verdadeira natureza da birra e se ela se origina nas regiões do andar de cima ou de baixo do cérebro.

Características da birra no andar de cima

- Escolha consciente de se comportar mal e fazer provocações;
- Tentativa estratégica e manipuladora de controlar a situação;
- A criança pode ouvir argumentos racionais, fazer escolhas, controlar suas emoções;
- A criança pode parar instantaneamente quando suas demandas são atendidas.

OBSERVAÇÃO: crianças muito pequenas não são capazes de apresentar esses tipos de birras. Elas realmente não possuem as estruturas neurais para pensar assim.

Características da birra no andar de baixo

- Hormônios do estresse inundando o corpo, interferindo no funcionamento do cérebro do andar de cima;
- Perda de controle sobre o corpo e as emoções, juntamente com um alto grau de estresse;
- A criança é incapaz de fazer escolhas ou ouvir argumentos racionais.

Como você pode ver, existem processos muito diferentes ocorrendo no corpo e no cérebro do seu filho, dependendo do tipo de birra que esteja fazendo. Muitos de nós geralmente respondemos automaticamente quando nossos filhos ficam enfurecidos: podemos ser ativados e ficarmos enfurecidos também!

Mas, com um pouco de prática, é possível aprender a responder com amor e ajudar a acalmar a situação, em vez de apenas reagir quando a criança está tendo problemas para tomar boas decisões e manter o controle de si mesma.

COMO VOCÊ RESPONDE ÀS BIRRAS?

Pense sobre sua reação habitual às seguintes situações, sendo o mais honesto possível. Dedique um tempo a imaginar cada situação a seguir, especialmente se for um cenário familiar. Além do que você pode fazer (negociar, pedir, ceder...), observe também que tipos de sentimentos, pensamentos ou sensações corporais surgem para você. Sua mandíbula aperta? Seu coração bate mais rápido? Na coluna da direita, faça anotações sobre como você poderia reagir em momentos como esses.

Não há respostas erradas; você está simplesmente explorando o que são respostas automáticas ou habituais aos momentos reativos de seu filho. Se puder pensar em birras específicas que tenham surgido recentemente, sinta-se à vontade para usá-las no lugar dos exemplos abaixo.

Situação da birra	Sua resposta típica
No parque, seu filho em idade pré-escolar fica furioso e bate em outra criança que não quer compartilhar o baldinho e a pá com ele.	
Você diz para o seu filho desligar o videogame. Ele fica muito bravo e diz que odeia você.	

Situação da birra	Sua resposta típica
Você pede para a sua filha parar de brincar antes do jantar, mas ela o ignora. Quando você insiste, ela joga os brinquedos do outro lado da sala, chorando.	
Sua filha está ficando cada vez mais irritada enquanto você insiste em comprar mais um par de sapatos.	
Seu filho se agarra a você, chorando, enquanto você o deixa no acampamento.	

Você achou que teve mais paciência em alguns casos do que em outros? Um tipo de birra deixou você mais chateado que o outro? Além disso, como você fala consigo mesmo quando seu filho faz birra? (*"Lá vamos nós de novo. Ela sempre faz isso!"*) Que julgamentos você está fazendo sobre quem é seu filho? (*"Ele é muito mimado."*) Quanto mais puder esclarecer seus próprios sentimentos aqui, mais intencionalmente poderá responder a birras futuras. Escreva o que você percebe.

_____
_____
_____
_____
_____
_____

Depois de avaliar seus próprios pensamentos e julgamentos que está fazendo, considere a eficácia de sua resposta típica.

Sua abordagem típica para lidar com birras deixa você e seu filho se sentindo calmos e conectados ou furiosos, desgastados e desconectados?

_____
_____
_____
_____
_____
_____

Agora escreva sobre o que acha que poderia mudar a fim de tornar a experiência de responder às birras de seu filho mais positiva para cada um de vocês (parar de gritar tanto? Sentir-se mais no controle de suas próprias emoções? Aceitar não ser capaz de resolver todos os problemas? Sentir-se confortável com as emoções negativas do seu filho e ser capaz de ficar calmo e presente durante as dificuldades?).

_____
_____
_____
_____
_____
_____
_____
_____
_____

Por fim, de que suporte você precisaria para poder realizar essas mudanças? (Encontrar alguém para conversar sobre seu nível de estresse? Tornar-se mais consciente do que ativa seu próprio temperamento? Mais tempo de sono?).

Para muitos pais, esta será a primeira vez que eles realmente pensarão em como sua própria reação a uma birra é ou acalmar uma situação estressante ou colocar lenha na fogueira, enfurecendo o cérebro do andar de baixo de seus filhos. Isso leva diretamente à próxima estratégia do cérebro por inteiro.

ESTRATÉGIA DO CÉREBRO POR INTEIRO Nº 3: ENVOLVER, NÃO ENFURECER

Você deve se lembrar de que em *O Cérebro da Criança* falamos sobre a importância de envolver o cérebro do andar de cima do seu filho em vez de enfurecer o cérebro do andar de baixo. Compreender essa estratégia oferece a você a oportunidade de evitar um colapso e ensinar a ele habilidades como compromisso, comunicação e boa tomada de decisões.

O segredo é decidir conscientemente para qual parte do cérebro do seu filho você quer apelar quando ele estiver passando por um momento difícil. Se você responder ao comportamento fora de controle com a conexão primeiro (lembra-se de conectar e redirecionar?) e mostrar ao seu filho um pouco de compaixão e compreensão, ele se sentirá apoiado, será mais capaz de resolver problemas com você e suas defesas começarão a se estabilizar. Quando pede ao seu filho que pense sobre as coisas ou faça um *brainstorming* para encontrar uma solução, você está envolvendo o cérebro do andar de cima dele e o ajudando a retornar a um estado de integração. Lembre-se de que, se estiver realmente desmoronando, seu cérebro pensante não estará funcionando muito bem, e ele pode precisar que você o acalme primeiro.

ESTRATÉGIA 3
EM VEZ DE ENFURECER O CÉREBRO DO ANDAR DE BAIXO...

> EU ODEIO VOCÊ, MAMÃE!

> NÃO É CERTO DIZER ISSO, NEM QUANDO VOCÊ ESTÁ BRAVA. SEI QUE ESTÁ BRAVA, MAS NÃO PODE DIZER ESSA PALAVRA. NUNCA MAIS VOLTE A DIZÊ-LA!

ENVOLVA O CÉREBRO DO ANDAR DE CIMA

> EU ODEIO VOCÊ, MAMÃE!

> VOCÊ ESTÁ MUITO BRAVA PORQUE NÃO DEI AQUELE COLAR A VOCÊ?

> SIM! EU ODEIO VOCÊ!

> PARECE QUE VOCÊ ESTÁ MUITO CHATEADA.

> SIM! VOCÊ É MUITO MÁ!

O QUE PROVOCA UM COLAPSO EM SEUS FILHOS?

Em primeiro lugar, vamos pensar um pouco sobre o que faz com que nossos filhos percam as estribeiras. Quando temos uma ideia clara sobre isso, podemos fazer planos para prepará-los melhor para o sucesso.

Quais circunstâncias normalmente fazem com que seu filho entre em colapso? Existem gatilhos internos, como fome, falta de sono ou doença? Existem pessoas em particular que deixam seu filho estressado? Um tio barulhento? A vovó que dá beijos melados e aperta forte demais? Talvez o professor de ciências rigoroso? Ou quem sabe alguns eventos o desequilibrem, como o fim de um encontro com um amigo, mamãe e papai saindo de casa para uma noite a dois ou prazos do dever de casa.

Na tabela a seguir, preencha a coluna da esquerda com o máximo de exemplos de gatilhos que puder imaginar. Pode até mesmo resumir alguns deles a gatilhos comuns, como ansiedade de separação, dificuldade com transições ou teste de limites.

Depois de fazer isso, na coluna da direita escreva sobre como você pode ser proativo e abordar esses problemas para que o cérebro do andar de baixo do seu filho tenha menos probabilidade de se enfurecer. Quais pistas você quer procurar? Que tipo de ajuda precisaria para fazer mudanças para seus filhos? Começamos com o exemplo de uma situação típica.

Gatilhos da criança	Soluções possíveis
Reuniões de família.	1. Fazer reuniões em casa para que ela tenha seu próprio quarto para recarregar.
Ela fica mal-humorada quando estamos na casa dos meus sogros.	2. Inventar uma maneira de cumprimentar os parentes que seja confortável para ela.
	3. Comer antes de ir/levar a comida dela.
Ela nunca quer a comida que é servida, é grosseira com os membros mais velhos da família e não quer abraçá-los ou beijá-los. Sempre quer sair mais cedo.	4. Resolver o problema com antecedência quanto ao que ela pode fazer para se divertir enquanto estiver lá (levar um amigo? Levar livros/brinquedos/música).

Gatilhos da criança	Soluções possíveis

Não estamos sugerindo que nossos filhos devam comandar nossas vidas e que cada situação deva ser adaptada aos seus gostos e desgostos. Mas você precisa conhecer seu próprio filho. Em nosso exemplo, é possível que a filha seja sensível a barulhos e aglomerações, ou seja, uma introvertida tranquila em uma família de extrovertidos barulhentos. Talvez seja apenas que uma reunião familiar, de longa duração sem nada apropriado para uma criança brincar ou fazer, seja pedir demais neste momento. Independentemente disso, você tem uma escolha a fazer: pode encontrar algumas maneiras de tornar a situação mais fácil para seu filho (e para você também), ou pode insistir que seu filho apenas lide com as coisas como elas são, onde ninguém fica feliz com a situação.

É claro que, como dissemos antes, se você mesmo não está se sentindo regulado, como pode ajudar seus filhos? Então vamos nos concentrar em você por um minuto.

O QUE ATIVA SEU PRÓPRIO CÉREBRO DO ANDAR DE BAIXO?

Pense, por um instante, sobre o que normalmente o irrita. Está atrasado? Está se sentindo julgado? Fazendo malabarismos com responsabilidades demais? O que você pode fazer por si mesmo para que seu cérebro do andar de cima permaneça mais no controle quando estiver interagindo com seus filhos? Tem a ver com comer melhor? Dormir mais? Encontrar tempo para si mesmo? Considere as perguntas a seguir.

Gatilhos dos pais	Soluções possíveis
A luta da manhã para sair de casa. Eu sempre acabo frustrado, estressado e incomodando as crianças!	1. Preparar o máximo possível na noite anterior. 2. Começar o dia melhor acordando mais cedo para meditar por dez minutos. 3. Dar mais responsabilidades às crianças. 4. Elaborar para as crianças uma tabela da rotina matinal para não precisar lembrá-las de tudo.

CAPÍTULO 3

Gatilhos dos pais	Soluções possíveis

Na maioria das vezes, as pessoas não pensam sobre o que funciona como gatilho para elas. Apenas sabem que ficam incomodadas! Na verdade, frequentemente temos tão pouca consciência de estarmos estressados — alguns de nós até o ponto de explosão —, que reagimos a partir de nosso cérebro do andar de baixo em vez de responder a partir de um cérebro do andar de cima integrado ao que precisamos, ou nossos filhos especificamente precisam. Tornarmo-nos mais conscientes dos gatilhos e tomarmos medidas para reduzi-los nos ajuda e aos nossos filhos a mantermos nossos cérebros e corpos em um estado de integração.

APELANDO PARA O CÉREBRO DO ANDAR DE CIMA

Quanto mais oportunidades damos aos nossos filhos para exercitar seus cérebros do andar de cima, mais fácil se torna para eles acessá-los quando estão perdendo o controle de suas emoções. Nosso instinto inicial pode ser resolver problemas para eles ou dar as respostas quando estão com dificuldade, mas, na verdade, é quando os pressionamos a fazerem o trabalho por si mesmos que eles constroem os músculos cerebrais necessários para desenvolver habilidades como empatia, autocontrole, moralidade e boa tomada de decisão.

ESTRATÉGIA 4
EM VEZ DE SIMPLESMENTE DAR A RESPOSTA

> Sinto muito, mas você não pode ficar com esse frisbee. Não é seu. Vamos devolvê-lo ao lugar onde você o encontrou.

EXERCITE O CÉREBRO DO ANDAR DE CIMA

> Sei que você o encontrou e gostaria de ficar com ele, mas se o levarmos, o que acontecerá se outra criança vier buscá-lo e ele não estiver aqui?

Pense em como nossas próprias ações podem dar aos nossos filhos a prática do tipo de comportamento que queremos que eles tenham. Na coluna da esquerda, liste alguns comportamentos de seu filho, tanto positivos quanto negativos. Na coluna do meio, liste suas próprias respostas que levam à lutas de poder, desconexão ou birras. Em seguida, na coluna da direita, preencha com maneiras através das quais você pode apelar para o pensamento superior do cérebro do andar de cima do seu filho. Negociar com ele, ouvir seus sentimentos, considerar alternativas e comprometer-se são ações que podem caber nessa coluna. Leia nossos exemplos e, em seguida, crie os seus.

Comportamentos da criança	Ação dos pais que enfurece o cérebro do andar de baixo	Ação dos pais que pode fortalecer o cérebro do andar de cima
Reclamar sobre o que tem para o jantar.	Ativado pela reclamação, sua resposta é reprimir o comportamento: *"É o que temos. Não tem essa de reclamar"*.	Reconhecer os sentimentos da criança e depois negociar: *"Você ficou chateado porque vamos comer frango no jantar hoje à noite, né? Que pena. Vamos pensar juntos no que fazer para amanhã e deixar todo mundo feliz?"*
Sair do quarto, várias vezes, após as luzes se apagarem.	Ceder no início, depois ficar com raiva porque não funcionou: *"Já peguei água para você, coloquei você de novo na cama e esfreguei suas costas! Por que você não pode simplesmente dormir de uma vez? É hora de dormir!"*	Compaixão primeiro, depois procurar por respostas enquanto estabelece um limite: *"Parece que alguma coisa não está deixando você dormir esta noite. Você sabe o que é? Que tal falar sobre isso enquanto eu levo você de volta para a cama? Está tarde e é hora de você descansar."*

Comportamentos da criança	Ação dos pais que enfurece o cérebro do andar de baixo	Ação dos pais que pode fortalecer o cérebro do andar de cima
Deixar a irmã pegar a blusa favorita emprestada.	Ignorar o gesto positivo, concentrando-se no que ela fez de errado: *"Essa blusa é muito cara! Se ela estragar, não vou dar outra para você!"*	Compaixão primeiro, depois apoiar o pensamento por meio das ações dela: *"Foi muito generoso da sua parte. Ela ficou muito feliz. Como acha que vai se sentir se ela derrubar alguma coisa na blusa?"*

Você provavelmente descobriu que ser compassivo com seu filho é muito mais fácil quando seu próprio cérebro não está enfurecido! Claro, quando a vida está tranquila e não nos sentimos estressados, permanecer calmo, tranquilo e conectado é muito fácil. Mas, assim como seus filhos, quando seu cérebro fica sobrecarregado, é mais provável que perca as estribeiras!

MANTENDO-SE ENVOLVIDO

Nosso cotidiano como pais é tão ocupado que cuidar de nós mesmos vem por último na lista. No entanto, envolver seu próprio cérebro do andar de cima é algo simples, que você pode praticar todos os dias e que pode ter um efeito significativo no seu relacionamento com os filhos!

Quando seu cérebro do andar de baixo está enfurecido, o que você faz para envolver o do andar de cima? Que tipo de ferramentas tem que fazem você parar, refletir e pensar antes de agir?

Aqui está um exercício que às vezes usamos em nossos *workshops*:

> *Todas as noites antes de dormir, quando estiver mais calmo e relaxado, coloque a mão no peito. Passe alguns segundos percebendo como você se sente em paz, livre de ansiedade ou estresse.*
>
> *Faça isso noite após noite.*
>
> *Então, da próxima vez que sentir que está ficando irritado com seus filhos, volte a essa postura. Não precisa nem deitar. Basta colocar a mão no peito, respirar fundo e expirar. Observe a rapidez com que isso pode ajudar você a se acalmar e controlar suas emoções.*
>
> *O motivo relaciona-se ao fato de que neurônios que disparam juntos se ligam juntos. Seu corpo*

> está associando essa postura com calma e serenidade, o que significa que você pode retornar a ela sempre que quiser e ativar esse estado de espírito relaxado e acalmar todo o seu sistema nervoso.
>
> Tire alguns segundos para experimentar isso agora. Coloque a mão no peito, feche os olhos e solte tudo, exceto esse momento. Inspire e expire lentamente e sinta como é liberar sua ansiedade e tensão. Pratique todas as noites e use sempre que sentir que seu cérebro do andar de baixo está começando a assumir o controle.

Esse é um método realmente eficaz para trazer seu cérebro de volta a um estado de integração. Você provavelmente possui outras ferramentas que já usou ou de que ouviu falar que acha que pode ajudar. Pense por alguns minutos sobre o que o ajudaria a envolver seu cérebro do andar de cima no calor do momento. Pode ser contar até dez, citar três coisas que ama em seu filho, nomear suas emoções ou outra estratégia. Faça aqui uma pequena lista de alguns métodos que você pode experimentar:

_____
_____
_____
_____
_____
_____
_____
_____

Escolha uma ou duas ideias da lista (ou o nosso método) e faça uma promessa a si mesmo de praticá-las — começando hoje. Novas habilidades levam tempo para se tornarem hábitos, por isso dê a si mesmo o máximo de oportunidades que puder para experimentar essas ideias.

ESTRATÉGIA DO CÉREBRO POR INTEIRO Nº 4:

USAR OU PERDER

Como as funções do cérebro superior abrangem muitos dos comportamentos necessários para uma vida bem-sucedida, queremos ter a intenção de garantir que desenvolvemos bem essa parte do cérebro do nosso filho. Portanto, não só é útil apelar para o cérebro do andar de cima de nossos filhos quando eles estão passando por um momento difícil, mas também precisamos ajudá-los a encontrar maneiras de exercitar essa área do cérebro regularmente.

No início deste capítulo, apresentamos um breve resumo das funções do cérebro superior (se precisar, volte para a seção de *O Cérebro da Criança* em que as discutimos detalhadamente). Pense agora sobre como você pode ajudar a desenvolver essas habilidades em seu filho. Na tabela a seguir, damos uma etapa de ação para cada meta. Leia nossos exemplos e, em seguida, veja se consegue criar duas outras etapas que possa seguir para cada uma.

Meta	Etapa de ação	Etapa de ação	Etapa de ação
Tomada de decisão sensata.	Vou deixar meu filho ter mais voz nas decisões cotidianas — como escolher suas roupas e atividades (dentro do razoável!).		

Meta	Etapa de ação	Etapa de ação	Etapa de ação
Controle do corpo e das emoções.	Vou servir de modelo para o meu filho sobre como as emoções afetam nossos corpos falando sobre como me sinto e como noto essas reações em meu próprio corpo.		
Autocompreensão.	Vou começar um diário de pai/filho que passaremos um para o outro — podemos fazer perguntas, compartilhar desejos, explicar sentimentos e muito mais.		
Empatia.	Vou acrescentar: "Qual foi seu ato de bondade hoje?" ao ritual de perguntar os pontos alto e o baixo do dia durante o jantar.		

Meta	Etapa de ação	Etapa de ação	Etapa de ação
Moralidade.	Nas refeições em família, vamos escolher um assunto — um acontecimento atual, uma figura esportiva, uma manchete de jornal etc. — e incentivar a discussão.		

O cérebro é como um músculo. Habilidades como empatia ou tomada de decisões exigem prática para fortalecer o músculo. Quanto mais prática você oferecer ao seu filho, mais ele será capaz de responder de maneira responsável, respeitosa e ponderada.

Claro que essa prática se aplica aos *nossos* cérebros também!

FAÇA O QUE EU FAÇO

Precisamos sempre ter em mente o que estamos modelando para nossos filhos com os nossos próprios comportamentos. Enquanto ensinamos a eles sobre honestidade, generosidade, bondade e respeito, queremos garantir que nos vejam vivendo uma vida que também incorpore esses valores. Os exemplos que damos, para o bem e para o mal, impactarão significativamente a forma como o cérebro do andar de cima de nossos filhos se desenvolve.

Portanto, pense nas funções do cérebro do andar de cima relacionadas à sua própria vida e ao que seus filhos veem você fazendo. Pense a respeito da sua própria tomada de decisões, de como controla suas emoções e seu corpo, o quanto trabalha para a autocompreensão, empatia e moralidade. No espaço a seguir, faça uma lista de maneiras pelas quais você dá um bom exemplo para seus filhos nessas áreas e em outras que seria bom que eles testemunhassem você aprimorando.

_____
_____
_____
_____
_____
_____
_____

Se houver áreas em que sente que há melhorias a serem feitas, comprometa-se a começar a fazer tais mudanças. Anote aqui o que precisa fazer, quem pode oferecer apoio e quais etapas escolherá para começar. Listar etapas de ação envolve seu cérebro do andar de cima!

_____
_____
_____
_____
_____
_____
_____
_____
_____

Considerar intencionalmente suas próprias ações pode ser uma ferramenta poderosa. Escrever o que está indo bem e ver, em preto e branco, quais melhorias foram feitas, é uma ótima maneira de acalmar o estresse emocional e físico que você pode sentir às vezes.

ESTRATÉGIA DO CÉREBRO POR INTEIRO Nº 5:

MOVER OU PERDER

Uma pesquisa provou que quando percebemos conscientemente que estamos estressados, nossos corpos já sabem disso. Tensão nos ombros, borboletas no estômago e coração acelerado são todas as maneiras pelas quais nosso corpo envia mensagens físicas ao nosso cérebro de que estamos sentindo estresse. O mesmo vale para nossos filhos.

Ao incentivar seu filho a mudar seu estado físico, seja por meio de movimento ou relaxamento, o corpo dele liberará um pouco da tensão e será capaz de enviar informações mais calmas para o cérebro do andar de cima. Uma vez que isso acontece, seu corpo e cérebro são mais capazes de retornarem a um estado de integração.

ESTRATÉGIA 5
EM VEZ DE ORDENAR E EXIGIR...

> JÁ DISSE PARA VOCÊ QUE ESTÁ NA HORA DE SE ARRUMAR. SE NÃO SE VESTIR, FICARÁ DE CASTIGO.

TENTE MOVER OU PERDER

> QUERO FICAR PELADO!

> VAMOS FAZER UMA BRINCADEIRA DE VESTIR! DÊ UM SALTO BEM ALTO PARA A GENTE VESTIR A CALÇA.

Claro, nossos filhos não são os únicos que podem usar essa estratégia de movimento. A técnica "mover ou perder" é perfeita para os pais utilizarem quando se sentirem sobrecarregados ou estressados. Veja como descrevemos isso na seção "Integrando a nós mesmos" no final do capítulo 3 de *O Cérebro da Criança*.

"MOVER OU PERDER" PARA OS PAIS: UM PROCESSO DE TRÊS ETAPAS

Todos temos nossos momentos do andar de baixo, quando "perdemos a cabeça" e dizemos e fazemos coisas que gostaríamos de não ter feito. Em situações parentais de alto estresse, pais cometem erros. Todos cometemos.

Mas não se esqueça: crises na criação de filhos são aberturas para crescimento e integração. Você pode usar esses momentos quando sentir que está começando a perder o controle sobre as oportunidades para dar exemplos de como se autorregular. Existem olhinhos observando para ver como você se acalma. As suas ações servem de modelo sobre como "fazer uma boa escolha" em um momento de grandes emoções quando você está correndo o risco de perder as estribeiras.

Então, o que você deve fazer quando reconhece que seu cérebro do andar de baixo assumiu o controle e você começou a perder a cabeça?

Primeiro, não cause danos.

Feche a boca para evitar dizer alguma coisa de que se arrependerá. Coloque as mãos para atrás do corpo a fim de evitar qualquer tipo de contato físico bruto. Quando estiver em um momento do andar de baixo, proteja seu filho a qualquer custo.

Segundo, afaste-se da situação e acalme-se.

Não há nada errado com dar um tempo, especialmente quando isso significa proteger o seu filho. Então, embora possa parecer um pouco bobo às vezes, tente usar nossa técnica "mexer ou perder". Pule no lugar. Tente fazer algumas posturas de ioga. Respire lenta e profundamente. Faça o que for necessário para recuperar a parte do controle que perdeu quando sua amígdala sequestrou seu cérebro do andar de cima. Você não apenas irá ficar em um estado mais integrado como também servirá de modelo para seus filhos com alguns truques rápidos de autorregulação que eles poderão usar.

Finalmente, repare.

Rapidamente. Reconecte-se com seu filho assim que estiver calmo e lide com qualquer dano emocional e relacional que tenha sido causado. Isso pode envolver expressar seu perdão, mas também exigir que você peça desculpas e aceite a responsabilidade por seus próprios atos. Essa etapa precisa ocorrer o mais rápido possível. Quanto antes você reparar a conexão entre você e seu filho, mais cedo vocês dois recuperarão o equilíbrio emocional e voltarão a aproveitar o relacionamento juntos.

FAÇA DE CONTA ATÉ DAR CERTO

A estratégia "mover ou perder" também pode ser notavelmente poderosa quando nossos filhos estão chateados. Por exemplo, se seu filho em idade pré-escolar está com medo de uma próxima visita ao dentista ou da primeira aula de piano, você pode dizer algo como: *"Mostre como o seu rosto e seu corpo ficam quando você tem coragem"*. Vocês descobrirão que simplesmente fazer de conta que sente coragem pode criar essas emoções reais em uma pessoa.

Ou, se seu filho de 9 anos de idade está tendo dificuldade de se acalmar depois de uma briga com o irmão, ou se sentindo especialmente tenso com uma prova que está por vir, você pode dizer: *"Faça de conta que você é um macarrão pesado, molhado e mole. Como seria o seu corpo?"* Em seguida, faça-o representar isso no chão, no sofá ou em qualquer outro lugar. A conexão mente-corpo assumirá o controle, e a postura alterada resultará em emoções alteradas também.

Parece bom demais para ser verdade? Experimente você mesmo agora. Realize as seguintes poses e veja como isso afeta suas emoções e humor:

- Pose corajosa;
- Macarrão;
- Rosto e corpo com raiva;
- Sorriso enorme com emoção no rosto.

O que você percebeu depois de fazer esse exercício? Seu humor mudou? Há alguma diferença em como seu corpo se sente? E o seu estado emocional? Detalhe sua experiência aqui

_____
_____
_____
_____
_____
_____
_____
_____
_____
_____

Quanto mais desses exercícios você se comprometer a fazer, mais fácil será modelar um novo comportamento para seus filhos. E quanto mais aprendemos sobre como nossos cérebros afetam as interações diárias, mais podemos passar esse conhecimento para as crianças.

CRIANÇAS COM CÉREBRO POR INTEIRO

Quando as crianças entendem como seus cérebros funcionam, as conversas com elas sobre seus comportamentos e emoções tendem a se parecer muito menos com ataques pessoais e mais com soluções colaborativas de problemas. As informações cerebrais do andar de cima/andar de baixo são muito fáceis para as crianças entenderem, e a ilustração do livro *O Cérebro da Criança*, representada a seguir, é uma ótima maneira de iniciar essa conversa.

CAPÍTULO 3

CRIANÇAS COM CÉREBRO POR INTEIRO:
INSTRUA SEUS FILHOS SOBRE O CÉREBRO DO ANDAR DE BAIXO E O CÉREBRO DO ANDAR DE CIMA

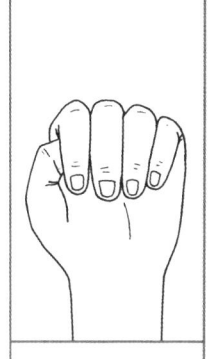

Feche a mão assim. Isto é o que chamamos de modelo de mão do cérebro. Lembra que temos um lado esquerdo e um lado direito do cérebro? Bem, também temos um andar de cima e um andar de baixo.

Com o cérebro do andar de cima, tomamos boas decisões e fazemos a coisa certa, mesmo quando estamos muito chateados.

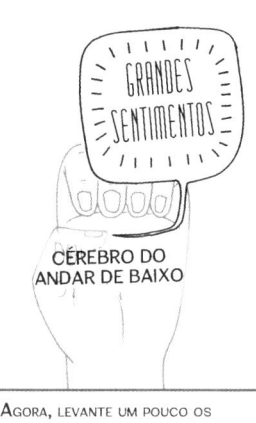

Agora, levante um pouco os dedos, como na imagem. Consegue ver onde está o polegar? Aquilo é parte do nosso cérebro do andar de baixo, de onde vêm nossos sentimentos grandes de verdade. Ele permite que nos importemos com as outras pessoas e sintamos amor. Também nos faz sentir chateados, como quando estamos bravos ou frustrados.

Não há nada de errado em ficar chateado. Isso é normal, principalmente quando nosso cérebro do andar de cima nos ajuda a nos acalmar. Por exemplo, feche os dedos de novo. Está vendo como a parte do andar de cima do cérebro que pensa está tocando o polegar, para ajudar o cérebro do andar de baixo a expressar os sentimentos calmamente?

Às vezes, quando ficamos muito chateados, podemos abrir a tampa. Levante os dedos assim. Está vendo como o cérebro do andar de cima não está mais tocando o cérebro do andar de baixo? Isso significa que um não consegue ajudar o outro a se acalmar.

POR EXEMPLO:

Foi o que aconteceu com Jeffrey, quando sua irmã destruiu a torre de Lego dele. Ele abriu a tampa e sentiu vontade de gritar com ela.

Mas os pais de Jeffrey lhe ensinaram a abrir a tampa e mostraram como o cérebro do andar de cima pode abraçar o cérebro do andar de baixo, ajudando-o a se acalmar. Ele ainda estava bravo, mas, em vez de gritar com a irmã, conseguiu dizer que estava irritado e pediu aos pais que a tirassem do quarto.

FAZENDO BOAS ESCOLHAS

GRANDES EMOÇÕES

Então, da próxima vez que sentir que está começando a abrir a tampa, faça um modelo do cérebro com a mão (lembre-se de que é um modelo do cérebro, não um punho cerrado), ponha os dedos bem para cima, depois os abaixe lentamente, para que voltem a ficar em contato com o polegar. Esse será seu lembrete para usar o cérebro do andar de cima na hora de acalmar aqueles grandes sentimentos na parte do andar de baixo do seu cérebro.

Depois de ler a explicação com seu filho, você pode conversar com ele para ajudá-lo a entender como os cérebros do andar de cima e de baixo afetam as coisas que todos fazemos e a maneira como pensamos. Aqui estão alguns exemplos de perguntas que podem abrir a porta para um diálogo mais longo:

- *Você já teve aquela sensação de saber o que deve fazer, mas está tão chateado que simplesmente não consegue fazer seu corpo concordar em fazê-lo?*
- *Lembra de uma noite em que fiquei muito brava com você e gritei? Parte disso foi meu cérebro do andar de baixo fazendo bullying com meu cérebro do andar cima e assumindo o controle! Quando consegui me acalmar, fiquei muito triste e pedi desculpas a você. Esse tipo de bullying cerebral já aconteceu com você ou seus amigos?*
- *Que tipos de coisas fazem você perder a cabeça? E a sua irmã — o que você acha que a faz perder a cabeça?*
- *Quando estou chateada e o papai me escuta de verdade, isso ajuda meu cérebro do andar de baixo a se acalmar. Mas se ele começa a ficar bravo e não escuta muito bem... cara, isso deixa meu cérebro do andar de baixo furioso! Existem coisas que o papai e eu fazemos com você, quando você está triste ou bravo, que deixam seu cérebro do andar de baixo com muita raiva?*

Agora, reserve um minuto e, usando esses iniciadores de conversa como exemplos, pense em uma interação recente com seu filho, quando um de vocês parecia ter permitido que seu cérebro do andar de baixo assumisse o controle. Escreva sobre essa interação e depois olhe para ela da perspectiva do que você sabe sobre o cérebro do andar de cima e de baixo. Quais pontos seriam úteis para discutir com seu filho agora?

_____
_____
_____
_____
_____
_____

Ter esse tipo de diálogo aberto com seus filhos sobre os momentos em que eles (e você) se sentiram fora de controle pode ser muito reconfortante. Permite que vejam que esses comportamentos ocorrem, que as crianças ainda são amadas e que seus pais estão lá para apoiá-las a aprender melhores maneiras de lidar com si mesmas.

UMA VISÃO DA SUA CASA – AJUDANDO AS CRIANÇAS A ENTENDER

Falar sobre o cérebro com seus filhos pode começar cedo — o modelo de mão do cérebro é ótimo para usar até com crianças a partir dos 3 anos de idade! Quando seus filhos tiverem 5 ou 6 anos, eles deverão apreciar muito fazer com você o projeto a seguir. Na verdade, fazer isso ao lado deles é uma ótima maneira de modelar a autocompreensão.

Do que você vai precisar: isso depende basicamente de você, mas algumas sugestões incluem revistas velhas, giz de cera, tinta, canetas, tesoura, cola, papel, qualquer item decorativo como purpurina, adesivos, pompons etc.

PLANEJAMENTO
IMAGINAÇÃO
PENSAMENTO
CÓRTEX PRÉ-FRONTAL MÉDIO
RAIVA
RESPIRAÇÃO
MEDO
PISCADAS
AMÍGDALA

Usando o modelo da mão do cérebro junto com a ilustração apresentada de O Cérebro da Criança, lembre seus filhos sobre as várias áreas do cérebro, suas funções básicas e como todos têm um cérebro do andar de cima e do andar de baixo. Em seguida, peça que desenhem o interior do "cérebro/casa" deles, com dois andares e uma escada de conexão. Usando recortes de revistas, adesivos ou desenhos deles próprios, preencham o andar de baixo com palavras e imagens que descrevam seu cérebro do andar de baixo e com o que ele pode ser preenchido quando não estiver operando em conexão com o andar de cima.

O piso pode incluir o seguinte:

- Cores que representam grandes emoções (*raiva vermelha, medo azul, tristeza cinza* etc.);
- Animais ou pessoas que expressam os sentimentos do seu filho quando ele se sente fora de controle (*cachorro assustado, leão rugindo, bebê chorando*);

- Como os corpos deles se sentem quando estão presos no cérebro do andar de baixo (*explodindo como um vulcão, enrolados como um porco-espinho* etc.);
- Lembranças de coisas de que eles não gostaram e qual a sensação que tiveram (*uma ida ao médico que causou ansiedade, o dia em que ele caiu da bicicleta e ficou com medo* etc.).

Quando o andar de baixo estiver concluído, peça aos seus filhos que pensem no andar de cima. Peça-lhes que coloquem qualquer coisa lá que os ajude se a escada estiver bloqueada e eles se sentirem presos lá em baixo. Faça perguntas como: "O que ajudaria você a se acalmar quando estiver com raiva?" ou "O que faz você se sentir seguro quando está com medo?" ou "De que tipo de coisas seu corpo precisa quando se sente desconfortável ou travado?".

Eles podem ter ideias como:

- Fotos da mamãe ou outro responsável, um banho quente ou um bicho de pelúcia favorito;
- Palavras reconfortantes como abraços, amor ou beijos;
- A lembrança de um lugar favorito, como a praia ou a casa da vovó ou dos tios;
- Exercício, meditação ou um pote de calma.

Esse processo de criação de uma representação visual do próprio cérebro ajuda seus filhos a realmente integrarem seus cérebros do andar de cima e de baixo. Seus filhos estarão exercitando o cérebro racional (do andar de cima) enquanto criam, falam e pensam sobre quais fotos vão para qual lugar e do que precisam para se sentirem melhor. Também os ajudará a se tornarem mais conscientes de seu cérebro mais reativo (do andar de baixo) à medida que recordam dos sentimentos associados ao ato de perder o controle e se acalmar.

Quando terminarem o projeto, a imagem criada pode se tornar um quadro de visão para pendurar no quarto. Tê-lo visível dá a você (e a eles) algo tangível para consultar quando eles ficam desregulados ou perdem o controle — uma maneira perfeita de envolver o cérebro do andar de cima quando ocorrem ataques de birra!

4: MATE AS BORBOLETAS!

INTEGRANDO A MEMÓRIA PARA CRESCIMENTO E CURA

> *Às vezes, os pais têm a esperança de que os filhos irão "simplesmente esquecer" experiências dolorosas, mas o que as crianças realmente precisam é que os pais lhes ensinem maneiras saudáveis de integrar memórias implícitas e explícitas, transformando até mesmo experiências dolorosas em fontes de poder e autocompreensão.*
>
> — *O Cérebro da Criança*

Geralmente, quando falamos de memória, a maioria de nós está se referindo à memórias explícitas (memórias das quais temos consciência), como o momento em que sua filha deu os primeiros passos, as férias que vocês tiraram no verão passado ou o dia em que seu filho caiu de uma árvore e quebrou o braço.

No capítulo 4 de *O Cérebro da Criança*, discutimos o fato de que também temos memórias *das quais não temos consciência*. Mesmo que não possamos recordar explicitamente essas memórias, elas podem ter um grande efeito em nossas vidas. Na verdade, essas memórias implícitas ajudam a moldar a maneira como nos sentimos sobre nós mesmos, sobre os outros e sobre o mundo como um todo. Pode-se argumentar que certas memórias implícitas podem ter um efeito ainda maior em nossas vidas do que as explícitas, porque *não temos a sensação de recordação* quando as recuperamos e, portanto, não conseguimos entendê-las — e, ainda assim, elas sombreiam e colorem nossas emoções, comportamentos, percepções e até mesmo sensações em nossos corpos. Em outras palavras, essas memórias implícitas podem moldar como nos sentimos e pensamos no momento, mesmo que não tenhamos consciência de que essas influências do passado estão nos moldando no presente.

Se seu filho teve experiências difíceis no passado, a maneira como a memória pode funcionar é que o evento perturbador pode estar principalmente na memória implícita. A boa notícia é que você pode ajudar a tornar explícito o implícito ao conversar sobre tais memórias com seu filho. Ao fazer isso, você ilumina os sentimentos, comportamentos, pensamentos e reatividade corporal, para que eles possam começar a ser compreendidos e explorados. Se algo realmente doloroso ou assustador ocorreu em sua vida ou na de seu filho, consultar um terapeuta pode ser uma maneira útil de lidar com memórias traumáticas. Mas, em muitos casos, nós, como pais, podemos oferecer aos nossos filhos um enorme presente simplesmente ajudando-os a tornar suas memórias implícitas mais explícitas.

Vamos começar com uma rápida revisão das diferenças entre memória explícita e implícita e alguns exemplos de como elas aparecem em nossas vidas:

Memória explícita	Exemplos
Recordação de memória específica — factual ou autobiográfica que tem uma sensação de si mesmo em um ponto no tempo.	"Na semana passada, eu a vi dar três passos antes de perder o equilíbrio e cair!" "Ontem à noite, eu o levei para o hospital, mas a mãe dele estava presa no trânsito e demorou muito para chegar lá."
Lembrança consciente de uma experiência passada com a sensação de que a memória vem do passado	"Minha parte favorita de nossas férias foi quando fomos colher mirtilos." "As crianças se deram muito bem naquela viagem — mesmo quando ficamos presos em casa por causa da chuva."

Embora não tenhamos consciência de que estamos sendo moldados por elas, as memórias implícitas trabalham junto com suas memórias explícitas todos os dias. Nossas memórias implícitas frequentemente mapeiam nossa realidade atual:

Memória explícita	Exemplos
Cria modelos mentais ou expectativas sobre o mundo com base no que aconteceu no passado — moldando como nos sentimos, como pensamos, no que acreditamos e até como percebemos as coisas na atualidade.	• É seguro para mim chorar quando estou ferido; • Dizer "por favor" e "obrigado" às pessoas faz com que elas sejam legais comigo e eu me sinto bem; • Serei consolado quando estiver chateado; • Comemos pipoca quando assistimos a filmes!

Memória explícita	Exemplos
Permite automatizar respostas, ou responder rapidamente, em momentos de perigo (ou perigo percebido), sem precisarmos relembrar ativamente de situações semelhantes.	• Eu paro e olho antes de atravessar a rua; • Confiro se a água não está quente antes de lavar as mãos; • Desço a escada primeiro com os pés.
Codifica percepções, emoções, sensações e, em última análise, comportamentos que assumimos "sem pensar".	• Eu me sinto animado quando o vovô nos visita; • Cães são assustadores! Quando os vejo, meu coração bate rápido e meus músculos ficam tensos; • Eu sei andar de bicicleta; • Eu sou bom em matemática.

É preciso algum esforço de nossa parte para estarmos cientes do que nossos filhos podem estar absorvendo de suas experiências e ajudá-los a resolver seus pensamentos, sentimentos e emoções. Mas, tendo uma compreensão funcional da memória implícita e explícita, podemos fornecer-lhes o que eles precisam para desenvolver a resiliência, a compreensão e a maturidade para lidar com muitos aspectos desafiadores das experiências da vida e superar as respostas automáticas quando são problemáticas.

QUAIS MEMÓRIAS IMPLÍCITAS PODEM ESTAR AFETANDO SEU FILHO?

Todas as crianças têm momentos em que agem de maneiras que parecem irracionais ou insensatas. No entanto, se você notar um comportamento fora do comum — ou mais extremo do que o normal — em seu filho, é possível que uma memória implícita esteja ativa e moldando sua experiência imediata e talvez tenha criado um modelo mental que você precisará ajudá-lo a trabalhar.

No capítulo anterior, pedimos que você pensasse sobre o que desequilibra seu filho e o faz perder o controle. Agora vamos fazer uma pergunta semelhante sobre memórias que ele pode estar experimentando. Aqui, você deve procurar por *padrões de comportamento* nos quais um evento em particular (dormir, aulas de natação etc) causa problemas. Recusas ou fugas inexplicáveis, regressões, medos ou reações inesperadamente fortes possivelmente são sinais de que pode haver algumas memórias implícitas afetando a resposta do seu filho.

No gráfico a seguir, usamos uma experiência real que aconteceu com Olivia, a filha de 6 anos de idade de um dos nossos clientes. As caixas sombreadas indicam emoções e crenças não conscientemente mantidas ou memórias implícitas armazenadas; as caixas brancas mostram a memória explícita da criança e os pensamentos codificados

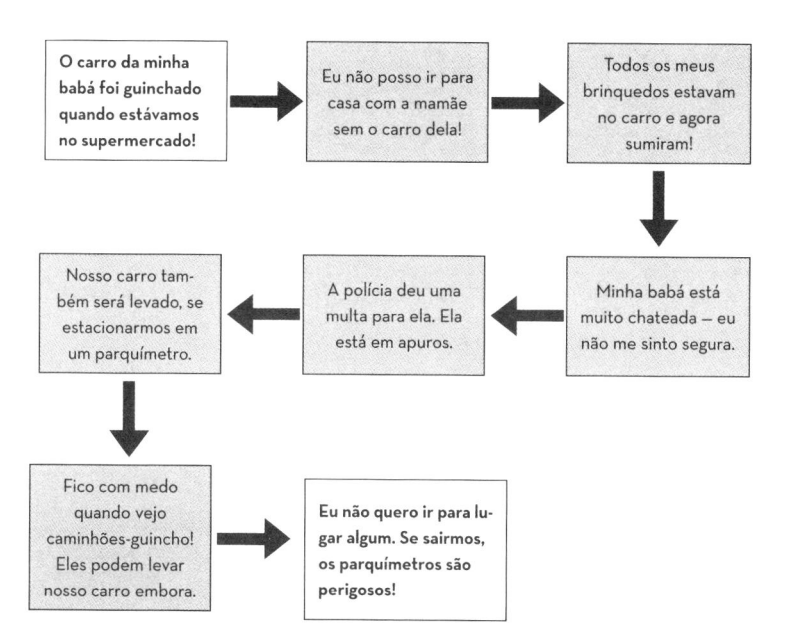

```
O carro da minha babá foi guinchado quando estávamos no supermercado! → Eu não posso ir para casa com a mamãe sem o carro dela! → Todos os meus brinquedos estavam no carro e agora sumiram!
                                                                                                                                                   ↓
Nosso carro também será levado, se estacionarmos em um parquímetro. ← A polícia deu uma multa para ela. Ela está em apuros. ← Minha babá está muito chateada — eu não me sinto segura.
↓
Fico com medo quando vejo caminhões-guincho! Eles podem levar nosso carro embora. → Eu não quero ir para lugar algum. Se sairmos, os parquímetros são perigosos!
```

Como você pode ver, havia vários pensamentos codificados para Olivia, mas ela realmente tinha consciência apenas do seu medo de parquímetros e que queria que seus adultos os evitassem. Felizmente, sua mãe tinha conhecimento da realidade dos processos emocionais não conscientes e da memória implícita e foi capaz de conversar e percorrer as etapas daquele evento traumático, trazendo à tona os pensamentos que a filha tinha. Com tempo e paciência, isso permitiu que Olivia visse que não era realmente de parquímetros que ela tinha medo e que, embora toda a experiência tivesse sido bastante assustadora para ela, estava no passado e havia maneiras de entender e ter algum controle sobre suas preocupações.

Existem crenças inconscientes e memórias implícitas que podem estar afetando seu filho? Você percebeu vezes em que o comportamento do seu filho pareceu particularmente insensato, mais intenso ou irracional do que o habitual? Quando olha para trás nesses momentos, há algum padrão ou comportamento que lhe pareça ter memórias implícitas como fator contribuinte? Por exemplo, seu filho tem um padrão de reação exagerada a certas coisas (*ser deixado na escola, aprender novas habilidades, sons específicos etc.*)? Existem experiências de que ele gostava e que de repente parece não gostar mais (*ir à praia, andar de bicicleta, ir para a cama à noite etc.*)?

Quando seu filho está exibindo um comportamento difícil, descobrir memórias implícitas provavelmente não será sua primeira resposta. É mais provável que você se lembre de parar e verificar os suspeitos de sempre (seu filho está com fome, com raiva, solitário ou cansado?), então ajude-o atendendo a essas necessidades, se for o caso.

No entanto, ajudar nossos filhos a entender experiências passadas serve como auxílio para entender o presente. Permite que tenham algum senso de controle e compreensão sobre o que pensam, como se sentem e por que se comportam da maneira como o fazem.

Pense um pouco em quaisquer comportamentos extremos que seu filho possa estar exibindo e anote-os aqui:

_____
_____
_____
_____
_____
_____
_____
_____

Agora sente-se em silêncio por alguns minutos. Enquanto permanece parado, veja se surge algum pensamento que explique os padrões de comportamento de seu filho. Anote todas as ideias possíveis que tiver sobre o que pode estar por trás dos padrões de comportamento dele. Retome as conversas que vocês dois tenham tido, perguntas que tenha feito, ou eventos, grandes ou pequenos, que tenham ocorrido antes de qualquer mudança de comportamento que possa estar relacionada de alguma forma, talvez indireta. Ao olhar para trás com esse novo nível de conhecimento, algo se destaca para você? Aqui está um exemplo para dar uma ideia do que queremos dizer:

> *Nossa filha tem estado muito brava comigo ultimamente. Eu não conseguia entender por quê. Então me ocorreu uma possibilidade. Achei que poderia ser porque passei uma semana no hospital recentemente e ela não me viu por tanto tempo. Agora, pensando nisso, lembro que, na primeira noite, minha esposa ficou comigo. Quando minha filha acordou de manhã, sentiu medo porque a vovó estava lá em vez da mamãe. Então minha esposa precisou passar um*

tempo longe dela, cuidando de mim enquanto me recuperava. Eu me pergunto se tudo isso deu a ela a sensação de que eu era o culpado por isso — que eu tirei a mamãe dela.

Não estamos sugerindo que você imponha leituras a uma situação que pode não ser precisa, mas é possível que haja momentos em que seu filho necessite retornar a um momento difícil do passado e possa precisar de sua ajuda para pensar nele. Agora que leu nosso exemplo, anote quaisquer explicações para os comportamentos de seu filho que possam fazer sentido para você na sua situação:

_____
_____
_____
_____
_____
_____
_____
_____
_____
_____
_____
_____
_____
_____
_____
_____
_____
_____
_____

Ao conversar sobre esses eventos e ajudar seu filho a ver como suas memórias implícitas podem ter formado incorretamente um sistema de crenças, é possível ajudá-lo a pôr fim a um padrão de comportamento ao qual ele parece estar preso.

E, claro, isso se aplica a nós também. Voltaremos às memórias dos nossos filhos em breve, mas primeiro vamos ver como as memórias podem estar afetando você como pai ou mãe.

QUAIS MEMÓRIAS PODEM ESTAR AFETANDO VOCÊ?

Reserve um minuto para pensar em momentos em que você se sentiu especialmente ansioso, com raiva ou aflito para evitar algo. Quando sua resposta parece desproporcional ao incidente, pode ser que memórias implícitas estejam determinando como você está realmente reagindo. Ou talvez não tenha certeza de porque desenvolveu certos hábitos ou gatilhos. Se você não tem uma resposta clara sobre porque faz o que faz, pode haver memórias implícitas envolvidas.

Oferecemos alguns exemplos na tabela a seguir. Depois de examiná-los, veja se consegue pensar em algum exemplo de suas próprias experiências passadas que possam contribuir para seus pensamentos ou comportamentos atuais. Sem ter o benefício de outra pessoa apontando conexões para você, ao fazer essa reflexão, pode ser mais fácil descrever um comportamento ou padrão de pensamento que você sabe que tem atualmente e, em seguida, preencher com seu melhor palpite sobre eventos ou experiências que podem ter levado às memórias implícitas que ligam tudo isso.

Faça o melhor possível. Quanto mais consciência trouxer para esses eventos, mais provável será que eles comecem a se tornar claros e explícitos e assim você vai começar a entender seus comportamentos, emoções e sensações de modo que eles não tenham mais domínio sobre você.

Pensamento / comportamento presente	Eventos / experiências passadas	Memórias implícitas
Não me sinto bem comigo mesma ou com meu corpo. Me preocupo demais com a aparência e com a comida.	Quando criança, minha mãe costumava criticar o próprio corpo e a falar sobre como se sentia infeliz com sua aparência.	As mulheres devem ser magras. Gordura é ruim. Sentir-se feliz está ligado à boa aparência e à magreza.
Medo de correr riscos em muitas áreas da vida. Preocupo-me em remover os obstáculos da vida da minha filha para que ela não precise correr riscos para ter sucesso.	Depois de uma lesão, meus pais excessivamente cautelosos tentaram impedir que eu me machucasse novamente restringindo minhas brincadeiras e frequentemente me diziam para ter cuidado.	Não sou bom julgando riscos. Não sou capaz de cuidar de mim mesmo. Assumir riscos é ruim, para mim e para meus filhos. É perigoso demais.

Tenha em mente que as memórias implícitas também contribuem naturalmente para comportamentos e conceitos positivos que todos temos. No entanto, quando um comportamento está afetando negativamente você ou sua família, pode ser útil observar mais de perto quaisquer eventos perturbadores que possam ter deixado memórias implícitas que não tenham sido integradas.

ESTRATÉGIA DO CÉREBRO POR INTEIRO Nº 6:

USAR O CONTROLE REMOTO DA MENTE

Quando se trata de nossos filhos (ou nossas próprias memórias de infância), é importante lembrar que experiências perturbadoras nem sempre se encaixam em nossa ideia adulta do que é traumático. Elas podem ser tão simples quanto cair de uma bicicleta, ficar assustado com secadores de mãos barulhentos de banheiros públicos ou ser ridicularizado. O que importa é a maneira como seu filho processa a experiência e depois lida com ela. Em outras palavras, o que mais importa para se ter um estado de espírito saudável é integrar memórias de experiências perturbadoras.

Uma das formas mais eficazes de integrar as experiências do seu filho é por meio da contação de histórias. Já mencionamos algumas estratégias úteis de contar histórias (*nomear para conter, fazer um livro ilustrado, criar uma colagem etc.*) que ajudam a integrar os hemisférios esquerdo e direito e o cérebro do andar de cima e de baixo.

Às vezes, uma experiência é muito perturbadora ou dolorosa para seu filho estar pronto para falar na íntegra imediatamente. Costuma ser um ótimo momento para apresentar a ideia de um DVD *player* interno com um controle remoto que ele pode usar para avançar, retroceder e pausar a história. Tal "controle remoto da mente" permite que seu filho tenha algum controle sobre revisitar memórias desagradáveis. Saber que pode pular uma parte sobre a qual não está pronto para falar pode ajudá-lo a se sentir mais confortável em permitir que você revisite a narrativa dos eventos.

CAPÍTULO 4

ESTRATÉGIA 6
EM VEZ DE AVANÇAR E ESQUECER

— Quer cortar a madeira desta vez?
— Vou só olhar.
— Você não tem medo de facas, tem?
— Não, só não estou a fim de fazer isso agora.
— Aquilo foi há muito tempo. Não deveria estar incomodando você. Simplesmente tente superar.

TENTE VOLTAR E LEMBRAR

— Quer cortar a madeira desta vez?
— Vou só olhar.
— Você está pensando no que aconteceu no parque?
— Não, só não estou a fim de fazer isso agora.
— Pode ser que falar sobre o assunto ajude.

— Foi há muito tempo.
— Eu sei, filho, mas parece que ainda está incomodando você. Acho que falar pode ajudar de verdade. Apenas me diga do que você se lembra.
— Bom, a gente estava...

Experimente esta estratégia você mesmo. Pense em um momento difícil do seu passado, considerando a sequência de eventos antes e depois dessa experiência específica. Depois de ter esses detalhes claros na mente, crie uma linha do tempo de eventos semelhante à que se vê a seguir.

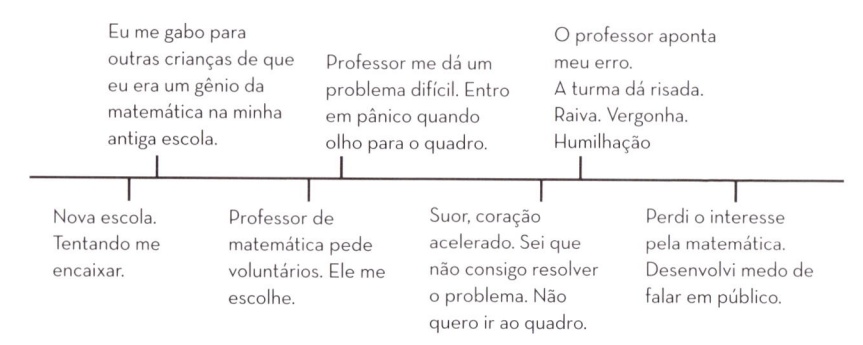

	Eu me gabo para outras crianças de que eu era um gênio da matemática na minha antiga escola.		Professor me dá um problema difícil. Entro em pânico quando olho para o quadro.		O professor aponta meu erro. A turma dá risada. Raiva. Vergonha. Humilhação	
Nova escola. Tentando me encaixar.		Professor de matemática pede voluntários. Ele me escolhe.		Suor, coração acelerado. Sei que não consigo resolver o problema. Não quero ir ao quadro.		Perdi o interesse pela matemática. Desenvolvi medo de falar em público.

Como você pode ver nesse exemplo de experiência, há vários momentos entre a experiência inicial (*estar em uma nova escola, tentando se encaixar*) e a memória resultante (*perda de interesse em matemática, medo de falar em público*). Como agora você conhece o controle remoto da mente, pode contar a história de sua experiência dolorosa, mas pular temporariamente as partes que precisar e retornar a elas quando conseguir.

Agora, crie sua própria linha do tempo no espaço em branco a seguir. Pode ser como você quiser.

Basta preencher todas as memórias detalhadas e praticar contar a história usando o controle remoto.

Talvez tenha acontecido momentos embaraçosos demais para serem revividos agora. Talvez olhar para as especificidades do que levou ao evento cause muita dor quando você recontar a história. Está tudo bem. Você pode avançar, retroceder e pausar sempre que quiser.

AJUDANDO SEU FILHO A CONTAR UMA HISTÓRIA

Revisitar um evento doloroso também pode ser um exercício poderoso para tentar com seu filho. Além do controle remoto da mente, existem outras abordagens que você pode adotar:

Amarelinha da memória

Pegue um grande rolo de papel pardo para desenhar uma linha do tempo no estilo amarelinha e faça seu filho brincar sobre suas memórias, pulando as que ele quer evitar no momento e pousando sobre as quais se sente à vontade para falar a respeito. Então, quando se sentir pronto, ele pode pular para trás e pousar sobre os que evitou até se sentir cada vez mais confortável com todas as partes.

Lembrança de Candy Land

Crie um jogo de tabuleiro — semelhante a um jogo como *Candy Land* — em que seu filho pode mover as peças do jogo pelo tabuleiro e optar por pular uma memória, voltar ou avançar, ficar mais tempo em um ponto... O que for necessário.

A beleza de ter esse controle é que você não está alterando os detalhes que realmente ocorreram, mas *está escolhendo quando e como focar nesses detalhes*. Ter essa escolha fortalecedora pode fazer a diferença entre ser capaz de dar sentido a uma experiência e se esconder dela.

CONECTANDO SUAS MEMÓRIAS USANDO UM QUADRO DE MEMÓRIA

Aqui está outra estratégia que você pode usar para esclarecer melhor as memórias implícitas. Você deve se lembrar de que, em *O Cérebro da Criança*, comparamos memórias implícitas a peças de quebra-cabeça espalhadas que o hipocampo ajuda a montar. Dissemos que precisamos que a luz da consciência brilhe nas memórias implícitas para torná-las explícitas, encaixando assim as peças em uma imagem reconhecível e compreensível.

Queremos dar a você a chance de fazer algo assim agora: pegar as diferentes peças de uma experiência passada e montá-las em uma imagem coerente, reconhecível e compreensível. Você pode usar esse exercício com seus filhos, mas, primeiro, tente consigo mesmo. Se não se considera uma pessoa artística, não se preocupe. Não estamos falando sobre fazer nada "certo". Estamos falando sobre esclarecer a própria história, especialmente uma experiência em particular.

Comece escolhendo uma das experiências passadas de que você lembrou nas reflexões anteriores — ou uma diferente, se preferir. Se possível, selecione uma experiência que tenha sido (ou ainda seja) especialmente dolorosa para você. Quanto mais emoções tiver sobre ela, mais poderá realmente extrair desse exercício.

- Um pedaço de papel que tenha algum peso (papel cartão, cartolina ou algo parecido). Quanto maior, mais poderá colocar informações nele — então, você mesmo pode determinar o tamanho;

- Barbante, corda ou fio grosso. O fio deve ser grosso o suficiente para que você possa vê-lo com facilidade;
- Cola quente de pistola seca mais rápido, o que torna esse projeto mais fácil. Você pode comprá-la em uma loja de artesanato ou papelaria. Caso contrário, qualquer tipo de cola genérica funcionará.

Em seguida, sente-se em silêncio e pense no evento passado que você escolheu. A seguir, anote tudo o que se lembra daquela época (*sensações, imagens, sentimentos, pensamentos, crenças, desejos, cheiros, sons*). Talvez queira incluir memórias de antes do evento, bem como durante e depois. Sinta-se à vontade para usar mais papel, se precisar.

Você pode se surpreender com quantas coisas aparecem que parecem desconectadas — mas não edite a si mesmo! Você está tentando chegar àquelas memórias implícitas, que não são acessadas como algo vindo do passado, e é possível que o que vier à mente conscientemente não faça muito sentido no início. Podem ser apenas imagens ou sensações que, na superfície, você sequer saiba o porquê de estar colocando essas coisas no papel. Apenas siga sua intuição, pois sua mente racional pode não ser capaz de dizer o motivo de você ter escolhido esta ou aquela sensação, imagem, sentimento ou pensamento. Apenas **examine** sua mente, e deixe surgir o que quer que surja! Escreva tudo de qualquer maneira. Mais tarde, quando começar a montar seu quadro de memória, poderá decidir o que quer manter.

Agora reúna itens que simbolizem, tanto quanto possível, cada uma dessas memórias que você guardou em sua mente sobre a experiência que está detalhando. Palavras ou imagens recortadas de revistas são mais simples, mas, se quiser ser mais criativo, pode incluir coisas como:

- Páginas de um livro que estava lendo no período;
- Um retalho do tecido de um vestido antigo que você adorava;
- Um canhoto de ingresso de cinema;
- Fotografias antigas;
- Uma flor seca;
- Palavras que formem uma citação que faz você pensar naquela época;
- A letra de uma canção;
- Mais importante: *encontre algo que simbolize o evento específico que você está detalhando e algo que simbolize você no momento presente.*

Se você encontrar um brinquedo que seu filho adorava, por exemplo, verá que quanto mais específico forem seus símbolos de memória, mais emoção (e possivelmente mais memórias esquecidas) surgirão dentro de você.

Depois de coletar todos os lembretes de memória, coloque o evento emocional simbólico no lado esquerdo da página e o seu símbolo no momento presente no lado direito. Lembre-se de que determinadas memórias implícitas terão elementos explícitos conectados a elas, de modo que algumas partes podem parecer vindas do passado. Está tudo bem — apenas siga a experiência de montar essas imagens.

Agora use os objetos que reuniu para criar uma linha do tempo de todas as suas memórias. A colocação de seus símbolos de memória depende inteiramente de você. Não precisa ser uma linha do tempo tradicional e seguir em linha reta. Os símbolos podem percorrer um ziguezague e uma forma circular, se parecer certo para você. Muitas memórias podem se aglomerar ao redor do evento e então, talvez, haja grandes extensões de espaço em branco. Alguns podem circular de volta ou se sobrepor. Alguns podem estar distantes.

Preste atenção à *sensação* dessas memórias para você e como as revive. Você olha para trás e lembra de tudo de forma linear? Ou suas às vezes suas memórias ficam confusas? Algumas parecem se conectar diretamente com outras? Algumas parecem não fazer sentido algum? Novamente, não edite ainda e *não cole nada* até estar satisfeito com o posicionamento de todas as peças. Coloque tudo no lugar, então dê um passo para trás para olhar para o todo.

Talvez você queira fazer isso várias vezes antes de sentir que tudo "se encaixa" e conta sua história. O que você está criando, em última análise, é uma representação de suas memórias implícitas e explícitas. No início, é a sua experiência dolorosa e tudo o que lembra a respeito dela. Depois, você estará focando intencionalmente em todos os pensamentos, experiências e emoções que pode recordar, colocando-os onde devem estar, entre aquele evento inicial e o momento presente.

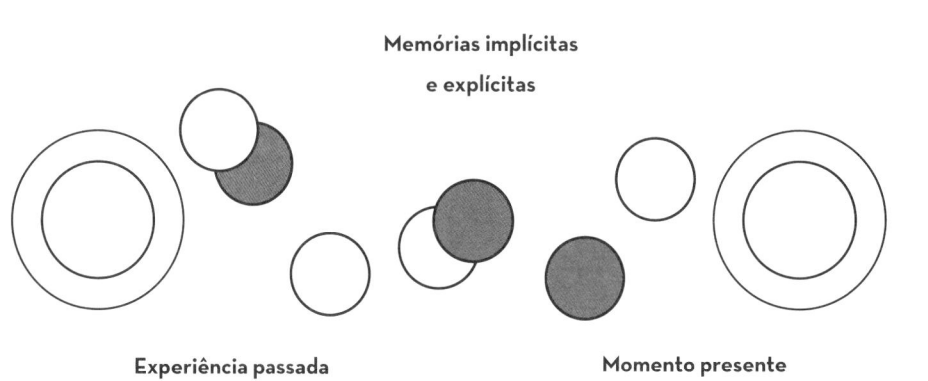

Memórias implícitas e explícitas

Experiência passada — **Momento presente**

Quando todas as memórias estiverem onde você quiser, cole-as no quadro. Em seguida, pegue seu fio e comece o processo de conectar e integrar suas memórias. Cole uma extremidade do fio em sua experiência passada. Em seguida, passe o fio por suas memórias, conectando-as — colando ao longo do caminho — e, por fim, conectando-as ao símbolo do seu "eu" atual no final da linha do tempo.

Ao fazer isso, pense um pouco sobre quais memórias são explícitas e se conectam facilmente e quais podem ter sido implícitas e desencadearam outros pensamentos. Você pode decidir usar um fio de uma cor para memórias explícitas e claramente conectadas e um fio de outra cor para aquelas que eram implícitas até que você começou a observar mais de perto. Você pode querer usar muitos fios para conectar diferentes memórias. Talvez memórias antigas que não estejam tão claras ganhem uma cor diferente de fio, enquanto aquelas que se destacam como se tivessem acontecido ontem tenham ainda outra cor.

Não importa o formato no qual decida criar seu quadro de memória; seja qual for a aparência final, o que você está fazendo é um passeio simbólico por sua memória e o exame de uma experiência que foi dolorosa para você. Se ajudar a classificá-la como sensações, imagens, sentimentos e pensamentos, ótimo! Se outra maneira de reunir tudo isso funcionar, maravilha! O segredo é dar a si mesmo o espaço mental para refletir sobre esses elementos implícitos e explícitos, pois não há certo ou errado. O próprio ato de fazer a história é, em si, um processo integrador, seja qual for o desdobramento para você. E fazer isso pode ajudar você a ter uma noção mais clara de como suas memórias surgiram e como elas se unem para criar suas pensamentos, emoções, imagens e sensações do presente. Como resultado, você estará integrando memórias implícitas e explícitas e dando sentido real a uma experiência dolorosa para que ela não tenha mais o mesmo tipo de poder sobre você.

CAPÍTULO 4

ESTRATÉGIA DO CÉREBRO POR INTEIRO Nº 7:

LEMBRAR PARA LEMBRAR

Agora que tem uma noção de como pode ser fortalecedor lembrar de detalhes de eventos passados, vamos voltar nossa atenção para ajudar seus filhos a reforçarem a capacidade de se concentrarem nos detalhes do momento *presente*.

Sabemos que os pais costumam sentir que precisam dedicar muito tempo extra para usar as ferramentas parentais que aprendem. Mas, como todas as outras estratégias que oferecemos em *O Cérebro da Criança*, essa se concentra em simplesmente ser mais intencional sobre o uso de momentos cotidianos com nossos filhos, ajudando a desenvolver seus cérebros e a ensinar a eles importantes habilidades de vida e relacionamento. Você sequer precisa de fio ou cola!

Lembrar para lembrar vai muito além de perguntar ao seu filho como foi o seu dia.

ESTRATÉGIA 7
EM VEZ DE "COMO FOI O SEU DIA?"...

TENTE "LEMBRAR PARA LEMBRAR"

Essa estratégia consiste em aproveitar os momentos normais do dia a dia e usá-los para ensinar às crianças a prática de recordar experiências importantes. Fazer perguntas específicas, rituais para lembrar detalhes e criar oportunidades para relembrar são algumas das maneiras pelas quais podemos ajudar nossos filhos a se acostumarem a se concentrar e examinar os detalhes de eventos passados. Ao fazer isso, nós os ajudamos a integrar suas memórias implícitas e explícitas — e nós, pais, temos o maravilhoso bônus de estarmos mais conectados com os pequenos!

DO QUE VOCÊ QUER QUE SEUS FILHOS LEMBREM?

Séculos atrás, as pessoas sabiam detalhes do que acontecia em suas vidas porque as histórias eram contadas, e a história da família era transmitida de geração em geração por meio de músicas, livros e conversas. Detalhes eram perdidos ou alterados ao longo do tempo, mas as narrativas importantes ficavam arraigadas e eram lembradas.

Aqueles de vocês com idade suficiente para se lembrar dos dias anteriores aos *smartphones* e câmeras digitais podem julgar suas memórias um pouco nebulosas se seus pais não se envolveram em muitas reminiscências com você. Mas garantir que seus filhos guardem memórias não exige necessariamente tecnologia.

Para o próximo exercício, faça uma lista de eventos importantes que você quer que seus filhos se lembrem. Comece anotando ideias que se enquadram em qualquer uma das categorias da tabela seguinte. Damos algumas ideias para você começar. Acrescente suas próprias memórias.

Categoria	Eventos
Eventos familiares únicos	*Casamento de família. A última vez que vimos a vovó. Um evento religioso.*
Tradições	*Noite de jogos em família. Quarta-feiras de pizza. Viagens de acampamento. Decoração da casa para as festas de fim de ano.*

Categoria	Eventos
Momentos significativos	Construção da casa na árvore juntos. Arrecadação de fundos para o abrigo de animais. Ajuda à vizinha para consertar sua cerca. Nossas férias no Grand Cayon.
Memórias diversas	Aprendendo a fazer lasanha. Encontrar o vizinho que tem vários gatos. O jogo sem gols que vimos no estádio.

Nossos filhos terão todos os tipos de lembranças de experiências passadas, independentemente do que nós, como pais, façamos. No entanto, ser intencional ao lembrar é uma chance de você considerar maneiras de ajudar a moldar como seus filhos veem a si mesmos e sua família, como vocês desfrutaram do tempo juntos e como a visão deles sobre suas experiências passadas molda seu futuro.

AJUDANDO SEUS FILHOS A LEMBRAR

Lembrar não precisa envolver apenas momentos grandiosos, significativos e pesados. Pesquisas mostram que crianças que se envolvem em "conversas sobre lembranças" têm memórias melhores.

A memória é uma parte da atividade do cérebro, e é bom usá-la para torná-la mais forte, assim como um músculo. Além dos eventos importantes que você listou anteriormente, pense também em maneiras de ajudar seus filhos a se lembrarem de quando vocês estão vivendo a vida cotidiana. Quando estiverem dobrando roupas, fazendo compras ou no consultório médico, que tipo de "conversa sobre lembranças" poderiam ter?

Você deve se lembrar que demos algumas ideias em *O Cérebro da Criança*, incluindo pedir ao seu filho que dissesse duas coisas que aconteceram hoje e uma que não aconteceu, além de pedir todas as noites para contarem um ponto alto, um baixo e um ato legal do dia. Assistir a vídeos antigos e ver álbuns de fotos juntos também são ótimas maneiras de ajudar seu filho a se lembrar de eventos passados.

Leve seus filhos singulares e únicos em consideração. O que seria mais eficaz para ajudá-los a recordar eventos importantes sobre os quais você quer que eles pensem? Talvez você tenha um filho que não tem problemas para falar sobre o que aconteceu durante o dia. Outro pode precisar de bastante estímulo. Reserve alguns minutos para fazer uma lista de maneiras intencionais de levar seus filhos a pensarem sobre suas memórias. Aqui estão mais algumas ideias para você começar:

1. Mantenha um diário de atenção plena, anotando momentos de cada dia dos quais você estava ciente; escreva algumas palavras sobre seus sentimentos, seu entorno e qualquer outra coisa que venha a notar; compartilhe alguns desses momentos em uma refeição em família ou na hora de dormir — especialmente aqueles em que estavam uns com os outros; ouvir como pessoas diferentes vivenciam o mesmo evento pode ser revelador para as crianças;
2. Peça aos seus filhos para desenharem ou escreverem memórias de eventos, momentos ou rituais da vida cotidiana. Coloque-os em pedaços de papel que você guardará

em um "pote das memórias". Tais memórias podem ser retiradas (na hora das refeições, no carro, esperando numa fila etc.) e revisitadas em conjunto. As crianças costumam adorar essa atividade!

Essas são algumas das nossas ideias. Você pode acrescentar as suas aqui. De que outra forma você pode ajudar sua família a se lembrar?

___

___

___

___

___

___

Ajudar seus filhos a se acostumarem a estar cientes de suas experiências diárias, ensiná-los a olhar para eventos passados e lembrar de detalhes e mostrar a eles como o passado afeta o presente são partes da integração das memórias de seus filhos, ajudando o implícito a se tornar explícito.

QUAIS MEMÓRIAS VOCÊ QUER CRIAR COM SEUS FILHOS?

Mesmo quando recordamos experiências passadas, estamos também constantemente criando novas tradições e memórias. Podemos fazer isso intencionalmente, estabelecendo rituais e rotinas que enfatizem o que é importante para nós — seja ter tempo para a família, ajudar os outros, cuidar de nós mesmos como indivíduos ou qualquer outra coisa que compartilhamos como família.

Por exemplo, quando os filhos de Tina eram muito pequenos, todos os anos no Dia de Ação de Graças, ela começou a pedir que escrevessem algo pelo qual eram gratos em um papel em forma de folha de árvore. Ela plastificou as folhas e, com o tempo, criou uma guirlanda que retrata muitas das coisas pelas quais eles eram gratos e acrescenta novas a cada ano.

A coleção acabada das coisas pelas quais cada filho era grato quando criança, além da visão de sua caligrafia infantil desde os primeiros dias, certamente trará uma onda de memórias e emoções — não apenas para os filhos, mas para Tina e seu marido também. Tradições significativas como essa permitem que uma família compartilhe experiências em grupo, e essas são as experiências que provavelmente se destacarão como memórias quando os filhos crescerem.

Vamos dar a você uma oportunidade de pensar em como poderá começar a criar novas memórias e tradições com sua família. Primeiro, liste as rotinas que sua família compartilha e das quais seus filhos provavelmente se lembrarão no futuro. Comece com rotinas e tradições menores, diárias ou semanais, como sua rotina de dormir ou a sexta-feira de filme em família. Liste-as aqui.

_____
_____
_____
_____
_____
_____
_____
_____
_____
_____
_____
_____
_____
_____
_____

Agora faça o mesmo para tradições menos frequentes. Talvez as férias de verão, um Dia de Ação de Graças passado na casa de um tio ou tomar picolés no telhado no último dia de aula.

_____
_____
_____
_____

Você pode se surpreender ao ver que possui mais tradições do que imaginava! Agora pense em outras que gostaria de estabelecer daqui para frente e liste-as aqui. Pense em eventos diários e semanais, além de mais memórias sazonais que vocês criarão juntos:

_____
_____
_____
_____
_____
_____
_____

Não queremos que você transforme essas ideias em algo que se sinta obrigado a seguir rigidamente. Apenas invente maneiras de incentivar seus filhos a pensar sobre suas experiências e maneiras de investir seu tempo em família sempre com significado e importância. Além de aproximar seus entes queridos, esse tipo de intencionalidade ajuda seus filhos (e você mesmo) a trabalhar os músculos da memória que, em última análise, proporcionarão a eles a capacidade de digerir experiências passadas.

CAPÍTULO 4

CRIANÇAS COM CÉREBRO POR INTEIRO:
INSTRUA SEUS FILHOS A TORNAREM EXPLÍCITAS AS MEMÓRIAS IMPLÍCITAS

JUNTANDO AS PEÇAS DO QUEBRA-CABEÇAS DA MEMÓRIA

Quando as coisas acontecem, seu cérebro se lembra delas, mas nem sempre como uma memória completa e organizada. Em vez disso, é como se houvesse pequenas peças de quebra-cabeça do que aconteceu flutuando por sua cabeça.

O QUE ACONTECEU FOI...

A forma como você ajuda seu cérebro a juntar as peças é contar a história do que aconteceu.

Contar a história é ótimo quando fazemos algo divertido, como dar uma festa de aniversário. Simplesmente ao falarmos sobre ela, conseguimos nos lembrar do quanto nos divertimos.

Contudo, às vezes algo ruim acontece e, talvez, não queiramos lembrar disso. O problema é que, quando não pensamos no assunto, aquelas peças de quebra-cabeça nunca são montadas e podemos nos sentir assustados, tristes ou com raiva sem saber o porquê.

POR EXEMPLO:

Foi o que aconteceu com Mia. Ela não sabia por que tinha medo de cachorros, então, um dia, o pai dela lhe contou uma história de que ela havia esquecido, sobre a vez em que um cachorro latiu para ela.

Ela viu que seus medos tinham origem no que havia acontecido aquela vez, muito tempo atrás, não por causa dos cachorros que ela conhecia agora.

Agora ela gosta de brincar com os cachorros amistosos da vizinhança.

Quando contamos a história do que aconteceu, montamos as peças do quebra-cabeça e nos sentimos menos assustados, tristes ou bravos. Ficamos mais corajosos, felizes e calmos.

É totalmente possível ajudar uma criança pequena a entender que memórias explícitas ou implícitas esquecidas de experiências passadas podem estar causando preocupações atuais. Se quiser conversar com seu filho sobre como explorar uma memória do passado, uma boa maneira de começar é ler a ilustração sobre crianças com cérebro por inteiro juntos. Então você pode continuar a conversa como achar melhor. Aqui estão alguns exemplos de como começar:

> *Você às vezes pensa na vez em que (se perdeu de nós no supermercado)? Logo depois que aquilo aconteceu, você não quis mais (dormir na casa da vovó). Sei que você pode não achar que as duas coisas têm ligação, mas é como se fossem dois lados de um quebra-cabeça, e as peças do meio estivessem faltando! Aposto que se preenchermos as peças que faltam podemos ajudar você a não ter mais essa preocupação. Quer tentar?*
>
> *Eu noto que há vezes em que algo pequeno acontece, mas sua reação é mais acentuada do que deveria ser. Como quando você ficou muito chateado quando teve problemas para lembrar daquelas datas para a sua prova de História. Sabia que às vezes a razão para isso é que você tem memórias em seu cérebro de que na verdade não se lembra? Essas memórias podem fazer você ficar bravo, triste ou assustado com as coisas, mas como você não se lembra que as possui, esses sentimentos intensos parecem vir do nada! Não é estranho?*
>
> *Então, sabe quando você usa o Google para pesquisar informações? Sabia que existe uma parte do seu cérebro chamada hipocampo que é tipo um mecanismo de busca? Sempre que você tem a experiência de alguma coisa como*

(me ajudar a preparar o jantar, conhecer novas pessoas, entrar em um avião, entre outras), seu cérebro faz uma pequena busca para encontrar memórias que correspondam a essa experiência. A questão é que, como no desenho animado, se o seu mecanismo de busca puder encontrar apenas algumas das memórias, pois as outras estão ocultas, nem sempre ele será capaz de conseguir as informações corretas! Então, se a única coisa da qual você se lembra sobre preparar o jantar comigo é que uma vez queimou a mão, talvez nunca mais queira cozinhar. Mas, como falamos muito sobre aquela vez, você também lembra que queimou a mão porque não estava sendo muito cuidadoso e porque era pequeno na época. Então, agora, quando seu mecanismo de pesquisa procura por memórias de cozinhar, você sabe que está mais velho e que, se for cuidadoso, cozinhar é uma experiência divertida, não assustadora!

EXERCÍCIO SOBRE CRIANÇAS COM CÉREBRO POR INTEIRO: ELABORANDO UM LIVRO DE MEMÓRIAS

Conversar sobre experiências perturbadoras para desbloquear memórias implícitas é uma maneira de fortalecer a capacidade de seus filhos de se sentirem mais no controle de seus sentimentos. Ajudá-los a tornar mais explícitas suas memórias desde o início é outra.

Você já nos ouviu falar sobre como fazer um livro de memórias para ajudar seu filho a reter detalhes sobre eventos importantes que, de outra forma, ele poderia perder com o tempo. Esse pode ser um projeto divertido para levar adiante com seu filho ao mesmo tempo em que cria memórias felizes e explícitas. Também pode inspirá-lo a criar mais livros de memórias por conta própria à medida que cresce.

Seu livro de memórias pode ser de qualquer estilo — de um álbum de recortes livre a um formal de fotos, ou seja, o que for mais atraente para você e seu filho. Depois de decidir em qual experiência focar seu livro de memórias, comece a coletar itens que tenham algum significado simbólico para o seu filho.

Por exemplo, se for fazer um livro sobre férias recentes em família, você pode incluir fotos, conchas do mar, horários de trens, cardápios de restaurantes, ingressos de circo, mapas ou moedas estrangeiras e coisas do gênero. À medida que cada item vai para o livro, peça ao seu filho que escreva (ou dite) descrições. Ele pode querer incluir observações como onde e com quem estava, o que estava pensando, como estava se sentindo, como estava o tempo e assim por diante. Ao se acostumar a perceber todas essas várias partes da lembrança dele do evento, ele não apenas se tornará mais consciente de como as experiências o afetam, como também começará a reter memórias mais detalhadas desses momentos especiais em sua vida.

Essa é mais uma dentre as diversas maneiras de fornecer às crianças a prática de lembrar e ajudá-las a integrar sua memória, tornando explícito o implícito.

5: ESTADOS UNIDOS DE MIM

INTEGRANDO AS MUITAS PARTES DE MIM MESMO

> *Ao direcionar nossa atenção, podemos passar de sermos influenciados por fatores dentro de nós e ao nosso redor para influenciá-los. Quando nos tornamos conscientes da grande quantidade de emoções e forças cambiantes em ação ao nosso redor e dentro de nós, podemos reconhecê-las e mesmo abraçá-las como partes de nós mesmos — mas não precisamos permitir que elas nos tiranizem ou nos definam.*
>
> *— O Cérebro da Criança*

Um dos maiores presentes que podemos dar aos nossos filhos é a capacidade de compreender suas próprias mentes, bem como as mentes dos outros. Essa habilidade é conhecida como "visão mental", um termo cunhado por Dan em seu texto acadêmico, *A Mente em Desenvolvimento*, e explorado bastante detalhadamente em seu popular livro *Visão Mental*. Visão mental é ver e entender a nós mesmos, bem como ver e entender as pessoas em nossas vidas. Neste capítulo, vamos nos concentrar na primeira metade dessa equação, entendendo nossa própria mente. Depois, no capítulo seguinte, falaremos sobre a importância de unir nosso "eu" e uni-lo a outros para que possamos nos tornar um "nós".

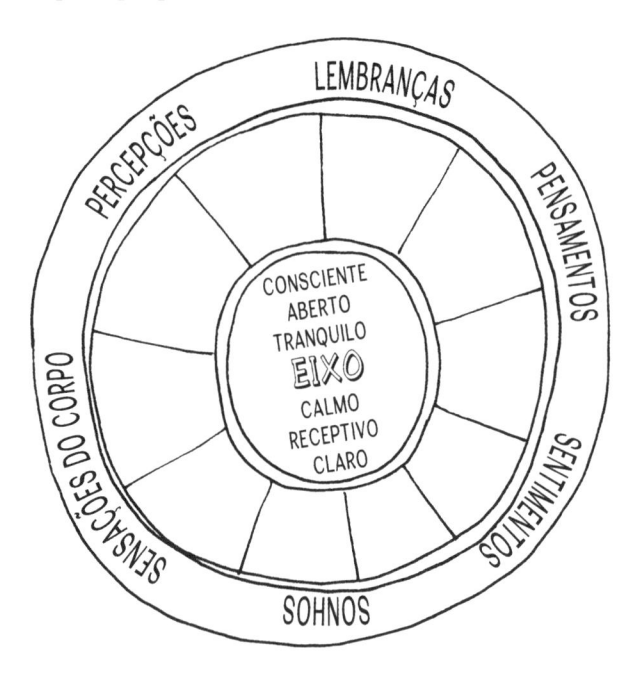

Neste capítulo, nos concentramos na roda da consciência. Para lembrar: sua mente pode ser retratada como uma roda de bicicleta, com um eixo no centro e raios radiando na direção do aro externo. O aro representa qualquer coisa em que prestamos atenção ou de que nos tornamos conscientes: nossos pensamentos e sentimentos, nossos sonhos e desejos, nossas memórias, nossas percepções do mundo externo e as sensações de nosso corpo.

O eixo é o lugar interior da mente a partir do qual nos tornamos conscientes de tudo o que está acontecendo ao nosso redor e dentro de nós. O eixo é o "saber" da consciência, enquanto que o aro é o "conhecido" em todo o seu espectro. É desse eixo de consciência que enviamos um raio de atenção para focar nos vários pontos do aro da nossa roda.

PRESO NO ARO: DISTINGUINDO ENTRE "ESTOU" E "SOU"

Se você já teve a experiência de ser mantido acordado à noite por um pensamento que não consegue tirar da cabeça, se viu retornando a uma preocupação que o impede de aproveitar o que quer que esteja fazendo ou se sentiu tão ansioso a ponto de sentir um nó no estômago, você sabe como é ficar preso em um ponto do aro da sua roda da consciência. Isso é "se perder no aro".

Quando seu filho fica "preso no aro", provavelmente se concentrou demais em apenas alguns pontos dele ("*Aquela máscara de Halloween era muito assustadora. Estou preocupado em ir bem em matemática este ano. E se eu esquecer minhas falas na peça da escola?* etc.) e perdeu a capacidade de ver o quadro completo — toda a gama de outras coisas no aro. Em vez de ver o mundo da perspectiva ampla de seu eixo, ele vê apenas os pontos específicos que criam um estado de espírito ansioso e crítico e perde de vista outros aspectos da vida que podem ajudá-lo a se sentir mais equilibrado e feliz.

O eixo nos dá uma sensação flexível e espaçosa de estarmos cientes de nossas vidas. Estar perdido no aro pode fazer com que nos sintamos rígidos e firmemente contidos. A ideia é equilibrar nossa experiência do eixo e do aro — ligar os dois ao que é chamado de "consciência integrada". Enquanto para adultos esta seja uma prática que você mesmo pode experimentar no *site* de Dan (DrDanSiegel.com), e para adolescentes você pode experimentar diretamente no livro de Dan, *Cérebro Adolescente: O grande potencial, a coragem e a criatividade da mente dos 12 aos 24 anos*, aqui oferecemos esta útil visão da mente para crianças.

Estarem presas em um estado em que têm consciência apenas do que não está funcionando pode levar as crianças a ficarem confusas sobre a diferença entre "estar" e "ser". Pode ser difícil para elas entenderem a diferença entre dizer "eu estou pateta" e "eu sou pateta". Isso pode levá-las a simplesmente se definirem como se sentem no momento. "Estou solitário" ou "estou um fracasso hoje" podem se tornar, em vez disso, "sou solitário" ou "sou um fracasso". Os sentimentos vêm e vão; mas a identidade expressa como "eu sou" pode parecer fixa e imutável. Em outras palavras, o estado mental momentâneo de seu filho — seu estado temporário de ser — é percebido como um traço permanente que define quem ele é como pessoa.

ESTADOS, TRAÇOS E SEU FILHO

Vamos começar dando uma olhada nas queixas comuns que você ouve de seus filhos. No espaço a seguir, escreva as queixas deles sobre tudo, dos irmãos com relação à situação em que estão, passando pelo que dizem sobre si mesmos (*estou entediado; ela é muito má; odeio matemática; sou péssimo em hóquei etc.*).

_____
_____
_____
_____
_____
_____

Agora olhe para a lista. Com que frequência os sentimentos ou estados momentâneos de seus filhos são expressos como se fossem características ou traços imutáveis, descrevendo a totalidade de seu ser? Mantenha essa ideia em mente à medida que avança neste capítulo do livro de exercícios. Mais adiante, daremos a você uma chance — e algumas orientações — sobre como explorar essas ideias com seus filhos, usando sua própria roda da consciência.

Primeiro, porém, volte sua atenção para si mesmo, considerando a mesma pergunta que considerou sobre seu filho anteriormente: quando fala sobre a própria vida, quais são suas queixas mais comuns? (*Meu filho mais velho é muito preguiçoso; meus filhos nunca guardam as coisas deles; estou muito cansado; estou me sentindo triste com o que aconteceu no trabalho hoje; por que preciso ser o pai cujo filho está doente o tempo todo? etc.*). Ao escrever, observe se suas queixas são expressas como estados ("estou") ou traços ("sou") — mas não as mude! Escreva-as como normalmente pensaria ou diria.

_____
_____
_____
_____
_____
_____
_____

Como aprendeu nos capítulos anteriores, tornar-se consciente de seus próprios padrões de comportamento ajuda você não apenas a se entender melhor, mas também a modelar o tipo de consciência que deseja estimular em seus filhos. Tornar-se consciente permite a escolha e a mudança.

SUA PRÓPRIA RODA DA CONSCIÊNCIA

Usando a lista anterior, ajudaremos você a configurar sua própria roda da consciência. Você pode desenhá-la a fim de torná-la parecida com uma das fornecidas aqui.

Na versão convencional da prática da roda (destinada a adolescentes e adultos), você notará que o aro é dividido em quatro seções: primeiro os cinco sentidos, da visão ao tato; as sensações internas do corpo; atividades mentais de emoções, pensamentos, memórias e crenças; e o senso de conexão dentro dos relacionamentos com os outros. O raio representa a atenção e pode ser movido para focá-la no eixo do conhecimento dentro da consciência para qualquer lugar particular na borda do que pode ser conhecido. Essa estrutura pode preparar o terreno para como você pode explorar os elementos do seu próprio aro, enviando um raio de atenção por toda a gama do que está no aro.

Para os mais jovens, apenas ter um aro bem aberto pode ser a abordagem mais útil, oferecendo a eles a liberdade de simplesmente focar o raio de atenção no que for mais relevante para eles no momento.

Seja qual for a maneira escolhida, não importa o quanto esteja bem feito, a questão é ajudá-lo a pensar sobre seus próprios pensamentos e sentimentos e onde você foca sua atenção.

Comece preenchendo alguns pontos do aro. Pegue os sentimentos negativos que mencionou anteriormente, aqueles que realmente atingem você, e escreva-os ao redor da borda da roda. Mas, ao fazer isso, acrescente também os aspectos positivos da sua vida. Pequenas coisas como *"houve menos brigas no café da manhã"* ou *"encontrei tempo para trabalhar no livro de exercícios hoje!"* são tão importantes quanto coisas maiores, como *"minha filha está se tornando muito responsável"* ou *"meu filho está começando a se acalmar sozinho quando fica com raiva"*.

Depois de preencher seu aro com esses diversos pontos, volte aos pensamentos que incomodam ou enlouquecem você. Reserve um minuto para observar como essas queixas se parecem agora que estão colocadas em perspectiva com sua vida no geral.

Não é que você deva negar seus sentimentos e experiências menos agradáveis. Pelo contrário, é importante olhar para eles e lidar com eles. Mas, ao ver sua vida como um todo, é menos provável que deixe esses sentimentos negativos se tornarem a sua perspectiva geral. Você reconhecerá que muitas dessas coisas são estados mentais temporários, em oposição a traços que descrevem quem você realmente é.

O PODER DA ATENÇÃO FOCADA

O ponto aqui é focar em como e onde focamos nossa atenção. Podemos optar por olhar para os pontos positivos e otimistas do aro a qualquer momento — não para ignorar os pontos negativos, mas para termos certeza de que estamos nos equilibrando e mantendo uma perspectiva completa.

Você deve se lembrar que no livro *O Cérebro da Criança* discutimos o conceito de neuroplasticidade, ou como o cérebro muda fisicamente dependendo do que experimentamos e ao que dedicamos nossa atenção. Lembre-se de que neurônios que disparam juntos se ligam juntos. Em outras palavras, nossas experiências e pensamentos fazem com que nossos neurônios — ou células cerebrais — sejam ativados, o que, por sua vez, permitem que novas conexões sejam feitas entre os neurônios que são ativados ao mesmo tempo.

Isso explica por que focar apenas em aspectos particulares de nosso aro, e não em outros, pode nos deixar presos ao lidar com certas emoções e preocupações. Empregar toda a atenção em um ponto específico do aro afetará não apenas nossa psique e humor, mas o próprio cérebro. No entanto, ao aprendermos a mudar esse foco, também podemos aprender a mudar nosso estado mental. Se todos os dias fizer uma prática reflexiva regular da roda da consciência (que pode ser encontrada no *site* de Dan), você aprenderá a desenvolver a capacidade de estar atento, para literalmente fortalecer sua mente e integrar seu cérebro!

Integrar significa o ato de conectar partes distintas. E foi isso que você fez anteriormente, quando se concentrou em pontos diferentes e mais afirmativos do aro. Você pode ter ficado preso em um ponto de borda que o deixou mal humorado, porque é o fim de um longo dia e seu filho se recusou a tomar banho (de novo), mas depois passou alguns minutos olhando todas as partes da sua vida, e sua atenção foi capaz de passar para o fato de que sua filha finalmente está sem fraldas ou que você almoçou com um velho amigo.

Escreva sobre aquela experiência agora. Articule como as coisas mudaram emocionalmente quando você desviou sua atenção e qualquer outra coisa que tenha notado quando preencheu sua roda da consciência.

_____
_____
_____
_____
_____
_____
_____
_____
_____
_____

Sabemos que alguns problemas não são tão fáceis de superar. Às vezes, ficamos "presos no aro" e não conseguimos nos concentrar em nada, exceto em um ponto desagradável (*preocupação com uma promoção no trabalho, com o comportamento do seu filho na escola, com o pagamento de contas etc.*). Não queremos ser superficiais, e não estamos dizendo que é sempre fácil nos concentrarmos nos aspectos positivos quando parece que a vida está desabando sobre nós. Mas quanto mais ansiedade e estresse você sente ao se concentrar nesses problemas, mais seu cérebro constrói caminhos neurais que ligam associações negativas a esses problemas — e mais o estresse e a ansiedade se tornam uma reação natural para você.

Portanto, mesmo que não seja fácil, você fará um grande favor a si mesmo se simplesmente praticar a mudança de foco para os pontos do aro mais positivos na sua roda. Fazer isso regularmente pode ser uma ótima prática para melhorar sua vida. Como resultado, você não apenas começará a notar sentimentos mais felizes e pacíficos, mas também fortalecerá a capacidade do seu cérebro de mudar de maneira mais automática quando os pensamentos estressantes começarem.

VOLTANDO AO EIXO

Quando foca sua atenção e muda seu estado mental e emocional, você volta para o eixo da sua roda. Lembre-se, o eixo ajuda a criar um estado de integração em que você não está experimentando nem caos nem rigidez, mas sentindo a experiência da harmonia interior. Alguns descrevem o eixo como um santuário interior, um lugar de paz e clareza. A partir desse estado calmo e pacífico, é possível permanecer ciente de todos os aspectos de sua vida — positivos e negativos — sem ficar preso em nenhum deles.

O segredo é fortalecer o eixo de sua mente para que você o experimente com mais frequência e para que possa acessar mais facilmente esse lugar sempre que precisar!

O que leva você de volta ao seu eixo quando você se sente estressado, ansioso, deprimido ou desintegrado de alguma forma? Para alguns, reservar um tempo para fazer uma prática reflexiva ativa, uma forma de meditação, pode ser útil. Em vez de fazer isso apenas quando estiver em uma situação difícil, praticar a roda da consciência regularmente pode ser uma ótima maneira de fortalecer o acesso ao eixo da sua mente. Outras maneiras que as pessoas encontram para se reconectar podem incluir exercícios físicos. Para outras pessoas, é passar tempo com — ou sem — a família. Podem ser algumas das coisas que discutimos ao longo desse livro, como contar sua história, integrar suas memórias ou uma combinação de duas ou mais dessas ideias. Reserve alguns minutos agora para pensar no que fará quando precisar voltar ao seu eixo. Quais passos específicos e práticos você pode dar quando se sente desequilibrado?

Retornar ao seu eixo não apenas resulta em desfrutar de uma visão mais positiva da vida, mas também em ser capaz de resolver situações difíceis a partir de um estado de consciência aberta, em oposição a um estado de estresse.

ESTRATÉGIA DO CÉREBRO POR INTEIRO Nº 8: DEIXE AS NUVENS DE EMOÇÕES PASSAREM

Como adultos, sabemos que os sentimentos são temporários — eles vêm e vão. Temos anos de memórias que nos lembram que às vezes podemos nos sentir alegres, outras vezes com raiva — e esses sentimentos, independentemente do tamanho, acabarão mudando. Mas nossos filhos nem sempre sabem disso. Eles precisam de nossa ajuda para entender que mesmo emoções avassaladoras como medo, frustração e solidão são estados temporários, não traços duradouros.

Lembre-se de que, embora você queira que seus filhos saibam que os sentimentos deles não são permanentes, isso não significa que você deva desprezar suas emoções. Todos os sentimentos — os seus, assim como os dos seus filhos — devem ser levados a sério e respeitados. Ao fazer isso, você mostra a eles que não é um problema que todos os sentimentos sejam sentidos. Ao mesmo tempo, ajuda-os a ver que os sentimentos acabam mudando. Quanto mais as crianças conseguirem compreender tal conceito, menos correrão o risco de ficarem emperradas no aro de suas rodas e mais possibilidade terão de serem capazes de viver a vida e tomar decisões a partir de seu eixo.

ESTRATÉGIA 8
EM VEZ DE "DESPREZAR E NEGAR"...

> QUE PENA QUE MOBY RASGOU O SEU DESENHO, MEU AMOR. MAS NÃO SE PREOCUPE. VOCÊ FARÁ OUTRO DESENHO NA ESCOLA AMANHÃ.

TENTE ENSINAR QUE OS SENTIMENTOS VÊM E VÃO

> QUE PENA QUE MOBY RASGOU O SEU DESENHO ESPECIAL DA ESCOLA. ACHO QUE AGORA VOCÊ NÃO O QUER MAIS.

> NÃO QUERO MESMO!

> SEI QUE É ASSIM QUE ESTÁ SE SENTINDO AGORA. MAS COMO VOCÊ ESTAVA SE SENTINDO ONTEM À NOITE, QUANDO ELE SE ANINHOU COM VOCÊ NA CAMA?

> EU ADOREI.

> ESTÁ VENDO COMO ÀS VEZES VOCÊ SENTE AMOR, E OUTRAS VEZES, RAIVA? NOSSOS SENTIMENTOS MUDAM O TEMPO TODO, NÃO É?

DEIXANDO OS SENTIMENTOS PASSAR: UM EXERCÍCIO GUIADO

Aqui está um exercício de visão mental para ajudar você a experimentar em primeira mão esse ponto sobre a mudança de emoções:

> *Volte para o que escreveu anteriormente, quando listou emoções negativas às quais às vezes fica preso. Escolha um desses pontos do aro para pensar a respeito dele, depois feche os olhos e imagine a emoção negativa como uma nuvem. Concentre-se nessa nuvem e observe seus detalhes. Qual é o tamanho dela? Ela é cinza e tempestuosa? Ou talvez seja branca e fofa. É claramente definida ou fina e disforme? Quais sentimentos você tem quando a vê? Ela parece sinistra e ameaçadora, ou talvez mais triste e melancólica? Não faça julgamentos sobre sua nuvem ou como deve se sentir em relação a ela. Apenas observe o que você sente. Enquanto reflete sobre essas sensações, reconheça que essa nuvem é importante e real e algo no qual deve prestar atenção — assim como em todas as suas emoções.*
>
> *Como qualquer nuvem que vê no céu, a sua pode parecer parar e se demorar às vezes. Mas se continuar observando, notará que ela está realmente flutuando e acabará sumindo de vista. Você pode perceber que tem pensamentos em sua cabeça enquanto faz essa visualização ("que estranho"; "minha nuvem é enorme — nunca vai se mover"; "por quanto tempo preciso fazer isso?" etc.). Deixe que esses pensamentos, assim como*

sua nuvem, entrem em sua consciência sem julgamento. Então, deixe-os se moverem para fora dela. Você notará que, conforme passam, novos pensamentos surgem (não devo julgar minha nuvem!"; "estou cansado"; "nossa, minha nuvem está ficando menor" etc.). Mais uma vez, deixe esses pensamentos surgirem e siga em frente. Permaneça nesse exercício durante um ou dois minutos ou até ver sua nuvem desaparecer à medida que se perde de vista.

Depois de abrir os olhos, escreva sobre sua experiência. Quais sensações você notou quando sua nuvem desapareceu? Outras emoções tomaram seu lugar? Você tem uma sensação de vazio? Alívio? Agitação?

_____
_____
_____
_____
_____
_____
_____
_____
_____
_____
_____
_____
_____
_____

Reconheça para si mesmo que essa nuvem provavelmente reaparecerá (possivelmente até imediatamente), mas quanto mais permitir que ela passe cada vez que aparecer, mais verá que é apenas uma das muitas emoções que vêm e vão.

Uma meditação guiada como essa é um exercício maravilhoso para crianças. Você deve escolher um lugar tranquilo e confortável, onde não seja incomodado, e manter a voz calma e suave para que seu filho se sinta relaxado. Se estiver oferecendo imagens ou fazendo perguntas, dê tempo ao seu filho para considerar o que você está dizendo — não para que ele possa lhe dar uma resposta necessariamente, mas para que consiga se conectar com as suas palavras. Você pode usar o conceito que descrevemos ou seguir um roteiro como este:

> *Feche os olhos e respire lenta e profundamente... entrando pelo nariz... 1, 2, 3, 4, 5. Agora, sopre pelo nariz — 1, 2, 3, 4, 5. Encha seus pulmões de novo, respirando pelo nariz... 1, 2, 3, 4, 5, e soltando o ar pelo nariz... 1, 2, 3, 4, 5.*
>
> *Ótimo. Enquanto continua respirando profundamente, permita que seu corpo relaxe em sua cadeira (cama, sofá etc.). Agora, imagine sua ansiedade (sua preocupação com a aula de ginástica, a briga com seu amigo) como uma nuvem no céu.*
>
> *Olhe para essa nuvem de perto. Consegue ver algum detalhe? Não precisa me dizer se não quiser... pode apenas notar o que conseguir. Não existe resposta certa ou errada. Talvez seja uma nuvem branca e fofa... ou talvez você a veja como uma nuvem escura e tempestuosa. Quando olha para ela, parece alta e distante, ou baixa e cobrindo a maior parte do céu? A aparência da sua nuvem faz você sentir alguma coisa em seu corpo? Você percebe esses sentimentos em algum*

lugar em particular? Pode colocar a mão onde estão essas sensações?

Às vezes, nossas nuvens nos fazem sentir tristeza, frustração ou talvez até raiva. O que quer que você esteja percebendo, apenas permita-se estar ciente de tudo. Não é preciso mudar ou julgar seus pensamentos — está tudo bem você ter todos eles. Agora traga sua atenção de volta para a sua nuvem. Quero lembrar que ela é real e importante, e é algo para prestar atenção — assim como todas as suas emoções.

Enquanto está sentado observando ela flutuar no céu, sua nuvem muda de forma ou cor? Ela está se movendo rapidamente ou parece ficar parada em um só lugar? Lembre-se que, às vezes, parece que as nuvens vão permanecer lá em definitivo, mas sempre há movimento — mesmo que a gente não tenha consciência disso. Enquanto respira fundo e solta o ar, você pode imaginar que está soprando suas nuvens tempestuosas para longe. Com um pouco de tempo, cada nuvem se move e então novas nuvens — assim como novos sentimentos — aparecem!

Isso é o que eu quero que você imagine agora — sua nuvem saiu de sua visão e novas nuvens estão vagando suavemente. Elas aparecem e passam uma sensação diferente daquela que estava lá agorinha. Há muitas delas preenchendo o céu à sua frente — algumas cinzas e escuras, algumas brancas e transparentes. E há também muito céu azul.

> *Aquela primeira nuvem, com todos os pensamentos e sentimentos que traz, pode voltar — pode inclusive voltar logo. Mas agora você sabe que nuvens e sentimentos são parecidos — eles vêm e vão. Nenhuma nuvem permanece em seu céu para sempre.*
>
> *Respire fundo novamente... 1, 2, 3, 4, 5. E solte lentamente o ar... 1, 2, 3, 4, 5. Mais uma vez. Inspire... 1, 2, 3, 4, 5. E expire... 1, 2, 3, 4, 5. Traga sua atenção de volta para o seu lugar confortável na cadeira (na cama, no sofá) e abra os olhos lentamente.*

Às vezes, meditações guiadas podem trazer muitas emoções que não foram expressas completamente, então esteja preparado para apoiar seu filho se ele apresentar sentimentos mais intensos durante o exercício.

ESTRATÉGIA DO CÉREBRO POR INTEIRO Nº 9: EXAMINAR: PRESTANDO ATENÇÃO AO QUE ACONTECE POR DENTRO

Essa estratégia em particular, como grande parte de *O Cérebro da Criança*, tem tudo a ver com consciência. Para que as crianças desenvolvam a visão mental e, em seguida, influenciem os diferentes pensamentos, desejos e emoções que circulam dentro delas, elas precisam primeiro se conscientizar com relação ao que estão realmente vivenciando. Isso significa que um dos trabalhos mais importantes como pais é ajudar cada um de nossos filhos a reconhecer e entender os diferentes pontos do aro de sua roda da consciência individual.

Você deve se lembrar que examinar ajuda nossos filhos a prestar atenção aos sentimentos, sensações, imagens e pensamentos que os afetam. A tabela a seguir serve como lembrete visual fácil do que consiste essa estratégia.

Examinar	Descrição	Exemplo
Sensações	Ao prestar atenção em suas sensações físicas, você se torna muito mais consciente do que está acontecendo dentro do seu corpo.	Borboletas no estômago podem significar nervosismo. Aperto na garganta pode significar tristeza. Apertar a mandíbula pode ser raiva.
Imagens	As imagens podem afetar a maneira como você vê e interage com o mundo. Estar consciente o ajuda a assumir o controle e diminuir o poder que as imagens têm sobre você.	Imagens de experiências passadas (assustadoras, constrangedoras, confusas etc.) e imagens fabricadas (de sonhos, filmes, livros) podem começar a ser controladas. Veja a ilustração a seguir.
Sentimentos	Desenvolver uma linguagem rica e descritiva para falar sobre a complexidade de suas emoções permite que você se expresse plenamente e seja profundamente compreendido.	Ajude as crianças a passar de uma vaga sensação de estar bravo ou triste para ter uma linguagem descritiva que lhes permita saber exatamente quando têm sentimentos de estarem ansiosos, com ciúme ou empolgados. A ilustração a seguir é especialmente útil para crianças pequenas.

CAPÍTULO 5

Examinar	Descrição	Exemplo
Pensamentos	Aprender a prestar atenção aos pensamentos que passam correndo por sua cabeça e compreender que não precisa acreditar em todos eles. Isso permite que você direcione sua atenção para longe dos pontos do aro que os estejam limitando e na direção dos que levam à felicidade e ao crescimento.	*Sobre o que pensamos, o que dizemos a nós mesmos e a forma como narramos a história de nossas próprias vidas, usando palavras. Discuta com ideias que não sejam úteis ou saudáveis para você. Veja se consegue encontrar uma perspectiva mais otimista sobre a conversa interna negativa que o prende.*

EMOÇÕES

Empolgado	Irritado	Triste	Confuso	Confiante	Envergonhado
Cauteloso	Entusiasmado	Decepcionado	Alienado	Deprimido	Animado
Desencorajado	Curioso	Agressivo	Enciumado	Chateado	Exausto
Temeroso	Ansioso	Tímido	Determinado	Assustado	Enojado
Frustrado	Culpado	Surpreso	Entediado	Apático	Feliz

Ao ensinar nossos filhos a examinarem a atividade de suas mentes, estamos mostrando a eles como reconhecer os diferentes pontos do aro que estão ativos dentro deles, além de ajudá-los a obter mais percepção e controle em suas vidas.

UM EXERCÍCIO DE EXAME

Como acontece com qualquer coisa que você queira ensinar, ser capaz de experimentar primeiro torna mais fácil transmitir adiante uma compreensão mais profunda. Então, dedique um minuto agora a tentar examinar sua própria mente. Não se preocupe com uma recompensa específica e direta aqui. Este exercício tem mais a ver com entrar em contato com o que está acontecendo dentro de você. Pode surgir algo sobre o que queira pensar mais ou lidar, mas a questão é simplesmente perceber o que está lá.

Comece a reflexão encontrando um lugar tranquilo onde possa sentar sem ser interrompido. Em seguida, feche os olhos e comece a chamar a atenção para quaisquer sensações corporais das quais você se torne consciente. Você pode achar mais fácil escanear seu corpo da cabeça aos pés (ou ao contrário) se não houver uma sensação específica que salte para você. Anote todas as sensações que você percebeu (*"meu estômago está tensionado e nervoso"*; *"minha cabeça está cansada e confusa"*; *"eu me sinto relaxado"*; *"meus pés estão pesados"* etc.) e se essas sensações pareciam conectadas a algo em que vale a pena prestar atenção (*"o aperto no estômago me lembrou que estou chateado com minha irmã"*, *"a confusão e o cansaço me dizem que não comi hoje"* etc.). Se quiser, você pode fazer anotações a seguir sobre o que percebe:

_____
_____
_____
_____

Em seguida, observe todas as imagens que chegam até você. Novamente, feche os olhos e relaxe. Alguma imagem vem à mente? Talvez veja imagens de algo que aconteceu no início do dia, algo de seus sonhos ou talvez até de sua infância. Dedique um minuto ou dois a observar o que quer que apareça. As imagens que vê podem representar tanto experiências difíceis quanto positivas. Algumas podem desaparecer rapidamente enquanto outras se recusam a sair. Às vezes, as imagens são simbólicas e, em outras, a referência é muito direta. As imagens que vê podem lhe dar alguma indicação do que você pode estar enfrentando, onde sua atenção está fixa ou o que está mantendo você preso em seu aro. Reserve um minuto para fazer algumas anotações sobre o que você tomou conhecimento:

_____
_____
_____
_____
_____
_____
_____
_____

Quando estiver pronto, continue examinando seus sentimentos e emoções. Isso pode ser difícil para algumas pessoas que não estejam acostumadas a explorar seus sentimentos e que podem se sentir mais confortáveis com o pensamento lógico do cérebro esquerdo. Lembre-se: todos os sentimentos são aceitáveis, mas para algumas pessoas esse tipo de coisa pode trazer algum desconforto, dependendo de como a expressão das emoções foi tratada durante a infância. Seja paciente consigo mesmo e faça o possível para não julgar seus sentimentos ao percebê-los.

Observe seus sentimentos enquanto se sentir confortável em fazê-lo. Quando terminar, você pode fazer algumas anotações sobre o que percebeu:

_____
_____
_____
_____
_____
_____
_____
_____
_____
_____
_____
_____
_____
_____
_____

Finalmente, concentre-se em seus pensamentos. Lembre-se de que eles podem ser o que pensamos, o que dizemos a nós mesmos e a forma como narramos a história de nossas próprias vidas. Você pode descobrir que, quando presta atenção concentrada em seus pensamentos, eles o levam a uma melhor compreensão de por que você reage de determinada maneira ou possui certas crenças.

Por exemplo, dê uma olhada a seguir no fluxograma de um padrão de pensamento que surgiu para uma das clientes adultas de Tina quando ela fez essa reflexão.

CAPÍTULO 5

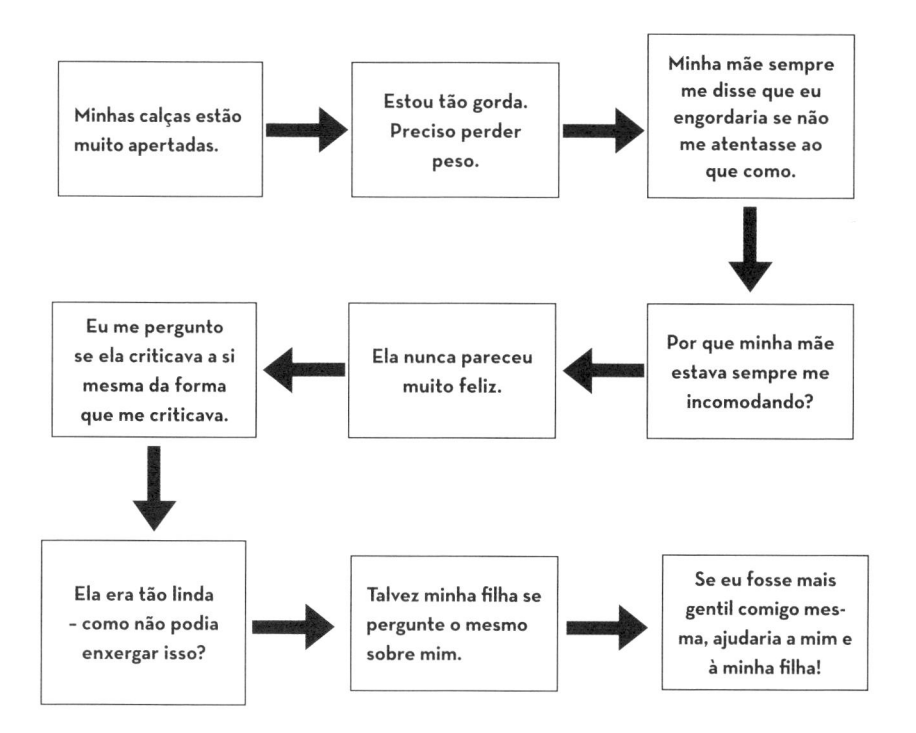

```
┌─────────────────┐      ┌─────────────────┐      ┌─────────────────┐
│ Minhas calças   │      │ Estou tão gorda.│      │ Minha mãe sempre│
│ estão muito     │ ───▶ │ Preciso perder  │ ───▶ │ me disse que eu │
│ apertadas.      │      │ peso.           │      │ engordaria se não│
│                 │      │                 │      │ me atentasse ao │
│                 │      │                 │      │ que como.       │
└─────────────────┘      └─────────────────┘      └─────────────────┘
                                                            │
                                                            ▼
┌─────────────────┐      ┌─────────────────┐      ┌─────────────────┐
│ Eu me pergunto  │      │ Ela nunca       │      │ Por que minha   │
│ se ela criticava│ ◀─── │ pareceu muito   │ ◀─── │ mãe estava      │
│ a si mesma da   │      │ feliz.          │      │ sempre me       │
│ forma que me    │      │                 │      │ incomodando?    │
│ criticava.      │      │                 │      │                 │
└─────────────────┘      └─────────────────┘      └─────────────────┘
         │
         ▼
┌─────────────────┐      ┌─────────────────┐      ┌─────────────────┐
│ Ela era tão     │      │ Talvez minha    │      │ Se eu fosse mais│
│ linda – como não│ ───▶ │ filha se        │ ───▶ │ gentil comigo   │
│ podia enxergar  │      │ pergunte o      │      │ mesma, ajudaria │
│ isso?           │      │ mesmo sobre mim.│      │ a mim e à minha │
│                 │      │                 │      │ filha!          │
└─────────────────┘      └─────────────────┘      └─────────────────┘
```

Antes de aprender a prestar atenção à sua linha de pensamento, essa mulher ficou presa no aro com o pensamento "*estou tão gorda. Preciso perder peso*". Mas como estava examinando seus pensamentos, ela trabalhava para apenas ter consciência de que pensamentos surgiam para ela. Isso finalmente a levou a uma percepção sobre si mesma (e sua mãe). Essa consciência permitiu que começasse a se libertar de um padrão de pensamento negativo para que pudesse retornar ao seu eixo.

Às vezes, os pensamentos são desconectados e não levam você a nenhum tipo de avanço. E está tudo bem! Não se pressione para ter uma epifania! Nós só queremos que você se sinta confortável em perceber seus pensamentos e estar ciente de que não precisa acreditar em cada pensamento que entra em sua mente.

Na verdade, uma habilidade importante que você pode desenvolver à medida que aprende a prestar mais atenção aos próprios pensamentos é discutir com aqueles que são inúteis ou prejudiciais e direcionar a atenção para os que o fazem feliz ou o impulsionam a alcançar seus objetivos! Veja como isso pode funcionar para uma criança mais velha que enfrenta um processo potencialmente assustador:

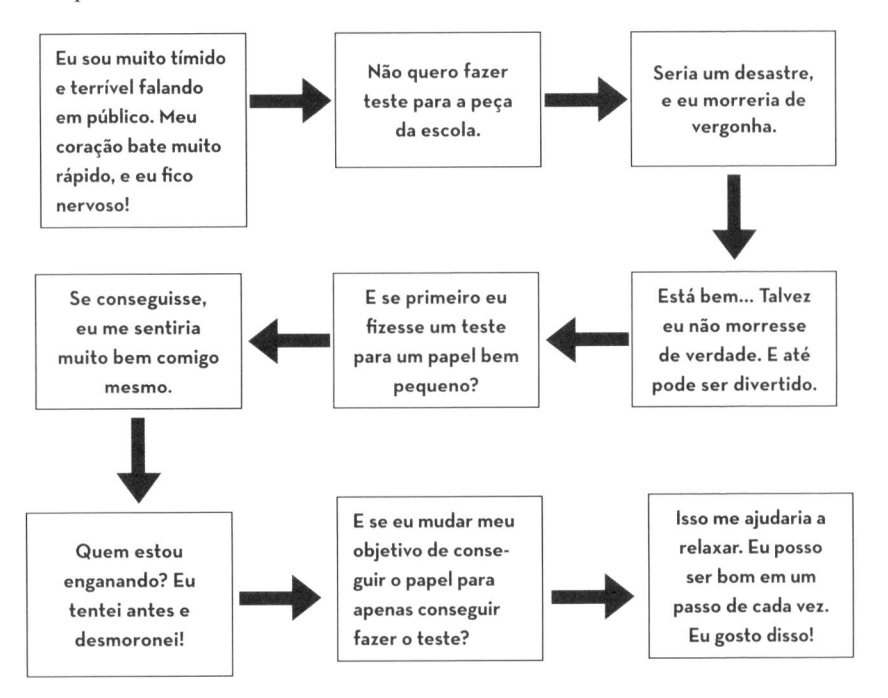

Eu sou muito tímido e terrível falando em público. Meu coração bate muito rápido, e eu fico nervoso!	→	Não quero fazer teste para a peça da escola.	→	Seria um desastre, e eu morreria de vergonha.
Se conseguisse, eu me sentiria muito bem comigo mesmo.	←	E se primeiro eu fizesse um teste para um papel bem pequeno?	←	Está bem... Talvez eu não morresse de verdade. E até pode ser divertido.
Quem estou enganando? Eu tentei antes e desmoronei!	→	E se eu mudar meu objetivo de conseguir o papel para apenas conseguir fazer o teste?	→	Isso me ajudaria a relaxar. Eu posso ser bom em um passo de cada vez. Eu gosto disso!

Ser capaz de ver que um pensamento pode ser discutido — mesmo que seja um pensamento no qual você está preso — pode dar a você (ou ao seu filho) uma enorme sensação de controle. Compreender que seus pensamentos não precisam controlá-lo e que você pode dizer como se sente é uma lição poderosa a ser aprendida.

Com essa compreensão, dedique um minuto para sentar em silêncio e observar quais pensamentos começam a passar pela sua mente. Acompanhe esses pensamentos. Discuta com eles se for preciso, veja aonde te levam, tome consciência de como você fala consigo mesmo e sobre sua vida. Faça isso enquanto se sentir confortável e anote o que surgiu para você:

_____
_____
_____
_____
_____
_____
_____
_____

Ao relembrar esse exercício de exame, se houve alguma sensação, imagem, sentimento ou pensamento que tenha surgido com mais força para você do que para outros, talvez seja bom investigá-los mais a fundo — possivelmente conversando com parentes mais velhos que possam se lembrar de detalhes, conversar com um terapeuta profissional, pedir apoio a um amigo próximo ou coisa parecida.

AJUDANDO SEUS FILHOS A EXAMINAR E MUDAR

Agora que você experimentou pessoalmente o que o exame pode realizar e como pode ajudar você a desenvolver a visão mental, pense em como esse processo pode ser útil para seus filhos. Ao ensiná-los a examinarem a atividade de suas mentes, podemos ajudá-los a reconhecer as diferentes forças ativas dentro deles e a obter mais percepção e controle em suas vidas. Examinar também os auxilia a compreender a importante lição de que nossas sensações corporais moldam nossas emoções e nossas emoções moldam nossos pensamentos e imagens em nossa mente. Em outras palavras: *todos os pontos do aro — sensações, imagens, sentimentos e pensamentos — podem influenciar os outros e juntos eles criam nosso estado de espírito.*

Vamos ser específicos nomeando os problemas que seu filho enfrenta e como você pode responder a cada situação. Quais medos ou questões causam problemas a ele? Como você pode ajudá-lo a desenvolver sua própria compreensão de si mesmo e focar sua atenção de maneira a ajudá-lo a assumir o controle de suas emoções e reações ao seu mundo? Considere cada um dos elementos para ajudar seu filho a mudar sua maneira de ver as situações com as quais ele tem dificuldade. Vamos começar com alguns exemplos, e então você pode preencher o resto do quadro com detalhes que se encaixam em sua família.

Questão nº1
Ansiedade de separação ao ser deixado na escola.

Solução para a questão nº1
SENSAÇÕES: Chegue à escola cedo o suficiente para encontrar um local tranquilo para sintonizar as sensações desconfortáveis que seu filho sente na expectativa de ser deixado na escola. Ajude-o a imaginar cada sensação sendo colocada em um balão e, em seguida, peça-lhe para inflar o balão imaginário usando respiração profunda (inspirando pelo nariz, expirando pela boca). Quando o balão estiver cheio, solte-o — junto com as sensações desconfortáveis — no ar. Depois disso, peça que o pequeno se conecte com o tanto que seu cérebro e seu corpo se sentem relaxados.
IMAGENS: Durante um momento de silêncio com seu filho, peça para ele descrever as imagens que surgem quando pensa em ser deixado na escola. Ajude-o a transformar imagens assustadoras em imagens bobas ou imagens tristes em felizes falando sobre o que cada uma precisa para mudar para o seu oposto.

SENTIMENTOS: Trabalhe com seu filho para listar tudo o que o faz se sentir bem na escola. Juntos, criem um livro ilustrado que possam ler todas as manhãs antes de saírem de casa. Lembre-o de que os sentimentos de preocupação que ele tem com a mamãe e o papai se despedindo são reais, mas consistem em apenas uma parte muito pequena de seu cotidiano. O resto do dia escolar dele é o que compõe esse livro. Cada vez que vocês o leem, o cérebro do seu filho constrói conexões neurais mais fortes com os bons sentimentos que tem em relação à escola.

PENSAMENTOS: Ensine seu filho a não acreditar em todos os seus pensamentos e faça com que se imagine falando com o próprio cérebro sempre que o ouvir fazendo comentários inúteis. Lembre-o de que é sempre possível dialogar com o próprio cérebro. Você pode inclusive ensiná-lo a nomear aquela voz negativa dentro dele. Ao fazer isso, você alivia um pouco a tensão enquanto o ajuda a ver que tem controle sobre a situação. Quando começar a ficar chateado por ser deixado na escola, traga a voz negativa de uma maneira gentilmente brincalhona: "*Aquele Fred Fedido está falando de novo? O Fred Fedido não sabe nada sobre a sua escola! Fred Fedido, pare de dizer à Lucy que a mamãe não vai voltar — você está sempre tentando enganá-la! Lucy, o que você quer dizer ao Fred Fedido?*" Faça com que seu filho escreva (ou conte a você) todos os pensamentos que tem sobre ser deixado na escola. Coloque-os em duas colunas — uma para pensamentos úteis, outra para pensamentos inúteis. Em seguida, converse com o Fred Fedido (ou outro nome dado a essa voz negativa).

Questão nº2

Solução para a questão nº2

SENSAÇÕES:

IMAGENS:

SENTIMENTOS:

PENSAMENTOS:

CAPÍTULO 5

Questão nº2

Solução para a questão nº2
SENSAÇÕES:
IMAGENS:
SENTIMENTOS:
PENSAMENTOS:

Como examinar integra todo o seu sistema — físico, mental e emocional —, o processo de analisar cada aspecto de como somos afetados pelos eventos pode ser realmente eficaz para ajudar seu filho a se livrar de problemas que parecem particularmente avassaladores.

ESTRATÉGIA 9
EM VEZ DE "DESPREZAR E NEGAR"...

> NÃO CONSIGO DORMIR. ESTOU COM MEDO DAS MÚMIAS.

> NÃO HÁ NADA A TEMER. OLHE EM VOLTA. NÃO HÁ NINGUÉM NO ARMÁRIO, EMBAIXO DA CAMA NEM EM NENHUM OUTRO LUGAR DO SEU QUARTO. AGORA, VÁ DORMIR. VOCÊ ESTÁ SEGURO.

TENTE USAR A VISÃO MENTAL PARA ASSUMIR O CONTROLE DAS IMAGENS

> NÃO CONSIGO DORMIR. ESTOU COM MEDO DAS MÚMIAS.

> PODE SER ASSUSTADOR TER ESSE TIPO DE IMAGEM NA CABEÇA. SABE O QUE VOCÊ PODE FAZER? PODE MUDAR AS IMAGENS!

> COMO?

O JOGO DO EXAME

Outra maneira de apresentar a ideia do exame ao seu filho é transformá-la em um jogo. Você pode se lembrar desse jogo do livro *O Cérebro da Criança*, página 228. A próxima vez que tiver alguns minutos no carro com seus filhos, comece o jogo fazendo perguntas que ajudam no processo de exame.

Você	Vou falar algo sobre o que as sensações do meu corpo estão me dizendo. Eu estou com fome. E você? O que o seu corpo está dizendo?
Seu filho	O cinto de segurança está raspando no meu pescoço.
Você	Ah, essa é uma boa. Vou consertar esse problema em seguida. E imagens? Que imagens estão passando pela sua mente? Eu estou me lembrando daquela cena engraçadíssima da sua peça na escola e de você com aquele chapéu esquisito.
Seu filho	Eu estou pensando no *trailer* que vimos daquele filme novo. Aquele sobre os alienígenas.
Você	É, precisamos ver aquele filme. Agora, vamos falar de sentimentos. Estou muito empolgado que a vovó e o vovô estão vindo amanhã.

Seu filho	Eu também!
Você	Muito bem... Agora, vamos falar de pensamentos. Acabei de pensar que precisamos de leite. Vamos ter de parar para comprar antes de irmos para casa. E você?
Seu filho	Eu estava pensando que a Claire deveria ter mais tarefas do que eu, já que ela é mais velha.
Você	(Sorrindo) Que ótimo que você é tão bom tendo ideias. Vamos ter que pensar um pouco mais nessa última.

Mesmo se as coisas ficarem bobas, o jogo do exame é uma boa maneira de proporcionar a seus filhos a prática de prestar atenção à própria paisagem interior. Lembre-se de que ao simplesmente conversar sobre a mente, já estamos ajudando a desenvolvê-la.

ESTRATÉGIA DO CÉREBRO POR INTEIRO Nº 10:
EXERCITAR A VISÃO MENTAL: VOLTANDO AO EIXO

Quando as crianças se fixam em algo com que estão tendo dificuldades (um conjunto de pontos de sua roda da consciência), podemos ensiná-las como mudar o foco, para que possam se tornar mais integradas. Elas podem ver que não precisam ser controladas por seus pensamentos, sentimentos, sensações e imagens — e podem decidir como pensam e sentem em relação à suas experiências.

Embora esse conceito possa parecer atraente e direto, na verdade não é algo que normalmente ocorre de forma natural com as crianças — ou mesmo muitos adultos! No entanto, ensinar seus filhos a mudar suas mentes para o eixo e concentrar a atenção em uma série de pontos no aro é algo com que você pode ajudá-los.

CAPÍTULO 5

Ao dar-lhes ferramentas e estratégias para se acalmarem e integrar seus diferentes sentimentos e desejos, você está apresentando ferramentas de visão mental que os ajudam a se tornar mais focados e centrados. A partir desse estado de consciência aberta e flexível (seu eixo), eles são capazes de permanecer conscientes dos muitos e variados pontos do aro que afetam suas emoções e seu estado de espírito. O eixo é o início não apenas da consciência clara, mas, em última análise, a fonte da sabedoria à medida que eles amadurecem nos anos posteriores.

ESTRATÉGIA 9
EM VEZ DE "DESPREZAR E NEGAR"...

> NÃO QUERO TOMAR INJEÇÃO!

> VAI DOER SÓ UM INSTANTE E, DEPOIS, LEVO VOCÊ PARA TOMAR UM MILK-SHAKE. QUE TAL?

EXERCITE A VISÃO MENTAL

> NÃO QUERO TOMAR INJEÇÃO!

> SEI QUE NÃO. VAMOS TENTAR UMA COISA. FECHE OS OLHOS E SE IMAGINE BALANÇANDO SUAVEMENTE NA REDE DO VOVÔ. LEMBRA COMO ISSO É GOSTOSO?

Uma ferramenta útil de visão mental é uma prática reflexiva simples que pode ajudar as crianças (ou seus pais!) a estarem mais atentos ao momento presente. Lembre dos dois exercícios que detalhamos em *O Cérebro da Criança* — um sobre respirar (página 218) e outro sobre estar debaixo d'água (página 52), calmo, enquanto as ondas batem na superfície. Esse tipo de exercícios são ótimos para usar com seus filhos ou consigo mesmo, para ajudar a trazer você de volta ao seu eixo de consciência.

Saber estar presente ou retornar a esse estado de consciência calma é uma habilidade maravilhosa a ser desenvolvida. Para ensinar essa ideia aos seus filhos, você deve lembrá-los de como as coisas são mais fáceis para eles quando se sentem calmos e são capazes de pensar com clareza. Quando ficam presos em pensamentos e emoções que os afastam desse estado, podem acabar presos no aro, fixos em apenas alguns aspectos da vida ao invés de visualizar o quadro geral. Uma vez que esse modo de vida não é particularmente agradável (para ninguém), você quer dar aos seus filhos ferramentas que lhes permitam se soltarem e retornarem ao seu eixo — seu estado natural de consciência aberta e pacífica. É apenas desse ponto de vista que eles têm as habilidades racionais para resolver o que quer que estejam enfrentando.

Embora este exercício comece como uma prática meditativa, ele se tornará algo que seus filhos poderão usar onde quer que estejam — não apenas quando estiverem deitados em silêncio em um quarto. No entanto, para fazer isso pela primeira vez, encontre um lugar tranquilo com seu filho e comece orientando-o a fazer algumas respirações profundas (inspirando pelo nariz e expirando pela boca). Você pode então dizer algo assim:

> *Continue respirando profundamente e comece a trazer a atenção para o seu corpo. Mesmo que nunca tenha notado isso antes, agora você está se conscientizando de uma calma cada vez mais profunda dentro de você — um lugar onde sente paz de espírito. É o seu próprio centro interior de calma e quietude. Se conseguir, coloque suavemente as mãos onde percebe essa sensação de calma dentro de seu corpo e ancore-a lá para você mesmo.*
>
> *Desse lugar de calma, você pode olhar para fora e ver todos os aspectos de sua vida — não apenas as poucas coisas com que tem dificuldade, mas também as partes da sua vida que trazem felicidade e conforto. Esse lugar calmo é a parte de você que sabe tudo, aquela que o ajuda a pensar com clareza e a responder com ponderação. Esse é o eixo da roda da consciência, um lugar de abertura e visão clara.*
>
> *Enquanto se mantém com a consciência desse centro, desse eixo, pense quais outras*

experiências da sua vida diária podem ajudar você a retornar a esse mesmo estado de consciência pacífica. Você não precisa estar meditando, ou mesmo em uma sala silenciosa. Qualquer coisa pode trazer você de volta a ele. O som de um pássaro cantando ou seu cachorro latindo pode ser o que o traz de volta a esse momento. Talvez abraçar seu bicho de pelúcia favorito ou o cheiro do cabelo da mamãe. Essas coisas cotidianas podem chamar sua atenção e lembrar você de retornar a esse estado de paz — quando estiver chateado e mesmo quando não estiver. Quanto mais você volta, mais isso se torna uma segunda natureza e mais fácil fica relaxar e se sentir em paz e feliz.

Pergunte ao seu filho se ele pode dar algumas sugestões sobre o que poderia lembrá-lo de sua capacidade de retornar a esse estado de consciência interna. Qualquer coisa poderia funcionar: lavar pratos, amarrar os sapatos, o som de uma cadeira sendo arrastada pelo chão da sala de aula. Para algumas crianças, são as ondas da respiração, inspirando e expirando. Uma vez que ele tenha feito a escolha, oriente-o a deixar que esses eventos específicos, sempre que ocorrerem, sejam um sinal de que sua calma interior o está lembrando de prestar atenção. Todos os dias, peça ao seu filho para compartilhar como ele foi lembrado de retornar ao seu eixo e o que percebeu por causa disso.

Mesmo que pareça um pouco forçado no começo — e que você precise apontar esses lembretes no início —, isso pode acabar se tornando um hábito. Nesse ponto, a respiração, o som de uma campainha, uma tosse distante e até mesmo a risada de uma criança podem ser uma dica instantânea para mudar o foco para um estado de consciência mais pacífico. E quem não se beneficiaria disso?

CRIANÇAS COM CÉREBRO POR INTEIRO: ENSINE SEUS FILHOS SOBRE COMO INTEGRAR AS MUITAS PARTES DE SI MESMO

As reflexões e os exercícios desse capítulo oferecem uma ótima oportunidade para ensinar a seu filho sobre a visão mental e o poder da atenção concentrada. Pode ser uma ótima ideia criar uma roda da consciência com seu filho. Novamente, a aparência não tem importância. Peça que ele preencha os pontos do aro, incluindo sentimentos e pensamentos desagradáveis, além das coisas boas na vida dele.

Depois de preencher a roda, ajude seu filho a começar a se concentrar nas experiências negativas (a bicicleta quebrada, a festa de aniversário cancelada, precisar dividir o quarto com a irmã etc.) e peça que ele descreva como se sente depois de passar um tempo concentrado nesses aspectos de seu aro. Incentive-o a examinar e considere o estado físico atual dele, além de quaisquer imagens, sentimentos e pensamentos que possa ter sobre a própria vida.

Ao explorar tal exercício com seu filho, chame a atenção para o fato de que uma simples alteração de foco alterou a visão que ele tinha do próprio mundo. Lembre-o de que ele tem esse poder de mudar a maneira como se sente em relação a qualquer coisa da própria vida, simplesmente escolhendo mudar o foco da atenção e abrir a consciência para outra coisa.

CRIANÇAS COM CÉREBRO POR INTEIRO:
INSTRUA SEUS FILHOS SOBRE COMO INTEGRAR AS MUITAS PARTES DELES MESMOS

Às vezes, você se sente como se estivesse preso a um sentimento ou pensamento? Talvez algo triste e muito poderoso o faça se esquecer de outros sentimentos e pensamentos que o deixam feliz ou empolgado.

A boa notícia é que você não precisa ficar preso a sentimentos que o chateiam. Você pode aprender a focar outras partes de si mesmo e se soltar.

Nassim não conseguia parar de pensar na competição de soletrar. Ele ficou até com dor de barriga. Perdeu a vontade de almoçar e brincar na hora do intervalo. Só conseguia pensar em soletrar. Estava estressado.

Então, a professora dele, a Srta. Anderson, ensinou-lhe mais sobre sua roda da consciência. Ela explicou que nossa mente é como uma roda de bicicleta. No centro da roda, chamado de eixo, fica nosso ponto seguro, onde nossa mente pode relaxar e escolher no que pensar.

CAPÍTULO 5

POR EXEMPLO:

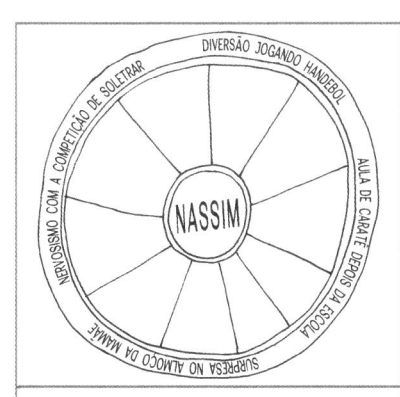

No aro da roda estão todas as coisas que Nassim poderia imaginar e sentir: o quanto ele gosta de jogar handebol no intervalo, a surpresa que a mãe teria colocado em seu almoço e, é claro, seu nervosismo em relação à competição de soletrar. Ela explicou que ele estava focando apenas o ponto do nervosismo do aro e ignorando as outras partes.

Srta. Anderson disse para Nassim fechar os olhos e respirar fundo. Ela falou: "Você estava focando suas preocupações em soletrar. Agora, quero que enfoque a parte da roda cuja diversão é jogar handebol e a parte que consegue imaginar um almoço gostoso". Ele sorriu e sua barriga começou a roncar.

Quando abriu os olhos, Nassim estava se sentindo melhor. Ele havia usado sua roda da consciência para focar outros sentimentos e pensamentos e mudado a forma como se sentia. Ainda estava um pouco nervoso, mas não estava empacado apenas no nervosismo.

Ele aprendeu que não precisa pensar apenas nos sentimentos de nervosismo e pode usar a mente para imaginar outras coisas que possam ajudá-lo a se divertir mais e não se sentir tão preocupado. Nassim comeu o almoço e saiu correndo para jogar handebol.

JUNTANDO TUDO: OLHANDO PARA A NOSSA PRÓPRIA RODA DA CONSCIÊNCIA

Há muitas maneiras de os pais se beneficiarem de uma compreensão da visão mental e de suas próprias rodas da consciência. Aqui está um exercício de *O Cérebro da Criança* que pode ajudar você a ver e experimentar o que estamos falando. Do seu eixo, examine a própria mente. Quais pontos do aro têm a sua atenção neste momento? Talvez alguns que constam a seguir?

- Estou muito cansada. Queria poder dormir uma hora a mais;
- Também estou irritada que o boné do meu filho está jogado no chão. Agora, quando ele chega em casa, preciso pegar no pé dele por isso e por causa do dever de casa;
- O jantar com os Cooper vai ser divertido esta noite, mas eu meio que queria ficar em casa;
- Estou cansada;
- Queria fazer mais coisas sozinha. Pelo menos estou me dando o prazer de ler um livro ultimamente;
- Já mencionei que estou cansada?

Todos esses pensamentos, sentimentos, sensações e imagens estão nos pontos do aro da sua roda da consciência, e juntos eles determinam o seu estado mental.

Agora vamos ver o que acontece quando você direciona intencionalmente a sua atenção para outros pontos do aro. Diminua o ritmo por alguns instantes, fique em silêncio dentro de si mesma e faça as seguintes perguntas:

- Qual coisa engraçada ou encantadora meu filho me disse ou fez recentemente?

- Embora seja monstruosamente difícil às vezes, eu genuinamente adoro e aproveito o fato de ser mãe? Como eu me sentiria se não fosse?
- Qual é a camiseta preferida do meu filho agora? Eu consigo me lembrar do primeiro par de sapatos dele?
- Eu consigo imaginar a cena do meu filho aos 18 anos, com as malas prontas e saindo de casa para estudar na faculdade? Está se sentindo diferente? O seu estado mental mudou?

A visão mental fez isso. Desde seu eixo, você percebeu os pontos do aro na sua própria roda da consciência e tornou-se consciente do que estava sentindo. Então você mudou o foco, direcionando a atenção para outros pontos do aro e, como resultado, todo seu estado mental mudou. *Esse é o poder da mente, e é assim que ela pode literal e fundamentalmente transformar a maneira como você se sente e interage com seus filhos.* É assim que integrar sua mente — ligando as diferentes partes de sua vida mental interior — pode ser tão fortalecedor. Essa é a integração que a visão mental cria. A roda da consciência permite que você absorva todos os diferentes elementos do aro e os una a partir de um eixo aberto e flexível da sua mente. Sem a visão mental, você pode ficar preso no seu aro, sentindo-se basicamente frustrado, irritado ou ressentido. A alegria da criação de filhos desapareceu naquele momento. Mas, ao retornar ao seu eixo e mudar o foco, você pode começar a sentir alegria e gratidão por ter seus filhos — apenas por prestar atenção e decidir direcionar sua atenção a novos pontos no aro.

A visão mental também pode ser imensamente prática. Por exemplo, pense por um instante sobre a última vez que ficou irritado com um de seus filhos. Irritado de verdade, onde poderia ter perdido o controle. Lembre-se do que ele fez e de como você se sentiu furioso. Em momentos assim, a raiva que você sente arde e queima no aro de sua roda. Na verdade, arde tão intensamente que arranca você do eixo e se destaca muito mais do que todos os outros pontos do aro que representam os sentimentos e o conhecimento que tem em relação a seus filhos: a sua compreensão de que o menino de 4 anos de idade está agindo como um menino normal de 4 anos, a memória de vocês rindo histericamente juntos apenas alguns minutos antes enquanto jogavam cartas, a promessa que você fez de que iria parar de segurar os braços de seus filhos quando ficasse bravo, seu desejo de servir de modelo adequado para expressões de raiva.

É assim que somos dominados pelo aro quando não estamos integrados pelo eixo. Outra forma de olhar para isso é que o cérebro do andar de baixo assume o controle de qualquer integração partindo da região do andar de cima, e outros pontos do aro são eclipsados pelo brilho desse único ponto de sua raiva absoluta. Lembra de "perder as estribeiras?"?

O que precisamos fazer em um momento assim? Isso mesmo, você adivinhou: integrar. Usar as suas habilidades de visão mental. Concentrando-se em sua respiração, você pode pelo menos começar a voltar ao eixo da sua mente. Esse é o passo necessário que nos permite recuar de sermos consumidos por um único ponto de raiva no aro — ou alguns deles. Quando estamos no eixo, torna-se possível captar a perspectiva mais ampla de que há outros pontos no aro para termos em mente. O eixo permite examinar e mudar. Podemos tomar um gole d'água, dar um tempo e alongarmos ou nos permitirmos um instante para nos recompormos. Então, assim que trouxermos nossa consciência de volta ao eixo, ficamos livres para escolher como queremos focar nossa atenção e como responder a nossos filhos e, se necessário, reparamos qualquer ruptura no relacionamento.

Isso não significa ignorar o mau comportamento. De forma alguma. Na verdade, um dos pontos do aro que você integrará junto com os outros é a sua crença em estabelecer limites claros e consistentes. Há muitas perspectivas que podemos adotar, desde desejos de que nosso filho aja de maneira diferente, até sentimentos de preocupação sobre como reagimos em resposta. Quando conectamos todos os diferentes pontos do aro juntos — quando usamos o eixo para integrar nossa mente naquele momento —, sentimos a disponibilidade de darmos continuidade a uma criação de filhos sensível e sintonizada e não com um estado mental reativo. Então, com todo nosso cérebro trabalhando junto, podemos nos conectar com eles porque estamos conectados com nós mesmos. Teremos uma chance muito melhor de respondermos da forma como desejamos, com visão mental e o todo de quem somos, em vez de com uma reação imediata provocada por um ponto ardente no aro da sua roda.

6:
A CONEXÃO EU-NÓS

INTEGRANDO O *SELF* E OUTROS

> *Ajudar as crianças a se tornarem membros de um "nós" sem perder o "eu" individual é uma tarefa difícil para qualquer pai ou mãe. Mas a felicidade e a realização resultam de se estar conectado a outros ao mesmo tempo em que se mantém uma identidade única. Essa é também a essência da visão mental, que diz respeito a ver a sua própria mente, assim como a mente do outro. Tem a ver com desenvolver relacionamentos satisfatórios ao mesmo tempo em que se mantém uma noção saudável do self*[1].
>
> *– O Cérebro da Criança*

Embora nossos filhos possam fazer muitas coisas, ver o mundo da perspectiva de outra pessoa é muito para os pais esperarem de uma

---

1. N. do E.: Entende-se por *self* aquilo que define a pessoa na sua individualidade e subjetividade, isto é, a sua essência. O termo *self* em português pode ser traduzido por "si" ou por "eu", mas a tradução portuguesa é pouco usada, em termos psicológicos. https://www.infopedia.pt/apoio/artigos/$self-(psicologia).

criança pequena. No entanto, embora seja importante saber que muito do que queremos para nossos filhos virá com o tempo, os pais também precisam lembrar que podemos prepará-los e orientá-los a se tornarem crianças, adolescentes e, enfim, adultos capazes não apenas de considerar os sentimentos dos outros, mas também de construir o tipo de relacionamento forte e amoroso que desejamos para eles.

Os capítulos anteriores do livro abordaram como ajudar seu filho a desenvolver seu cérebro por inteiro para construir sua percepção e formar uma noção forte e resiliente do "eu". O presente capítulo se concentrará no aspecto interpessoal da visão mental: ver e compreender as mentes das pessoas ao nosso redor. Grande parte do foco estará em ajudar a desenvolver empatia e compaixão em nossos filhos, para que eles possam desenvolver habilidades e pontos fortes que os ajudarão nos relacionamentos ao longo de suas vidas. Ser capaz de manter um forte senso de *self* enquanto se mantém conectado com os outros é o que, em última análise, leva à felicidade e à realização. Alcançar a percepção pessoal e, *ao mesmo tempo*, ver e compreender as mentes das pessoas ao nosso redor também é a essência da visão mental.

O CÉREBRO SOCIAL: PROGRAMADO PARA "NÓS"

O que os cientistas descobriram nas últimas décadas é que nossos cérebros devem se relacionar uns com os outros. Em outras palavras, os sinais que você recebe todos os dias ao socializar, envolver-se e interagir com outras pessoas influenciam o desenvolvimento de seu próprio mundo interior. Como dissemos em *O Cérebro da Criança*, "o que acontece entre cérebros tem muito a ver com o que acontece dentro de cada cérebro individual".

Como as crianças pequenas são naturalmente focadas em si mesmas em seus primeiros anos, precisamos ajudá-las a ir além dessa perspectiva de "cérebro único" — a visão de que seu cérebro individual é um órgão solitário isolado em um único crânio — para uma compreensão de como elas estão conectadas à família, aos amigos, à comunidade e, em última análise, a um mundo que é muito maior do que elas. Dessa forma, o "eu" descobre sentido e felicidade ao se unir e pertencer a um "nós". Esse é outro tipo de integração: integração interpessoal. No livro *Cérebro Adolescente*, de Dan, o termo que ele cria em inglês para esse "eu" integrado de "eu/me" e "nós/we" é "MWe". MWe é uma identidade integrada que honra o "eu" individual ao mesmo tempo em que também honra a importância de nossas vidas interconectadas.

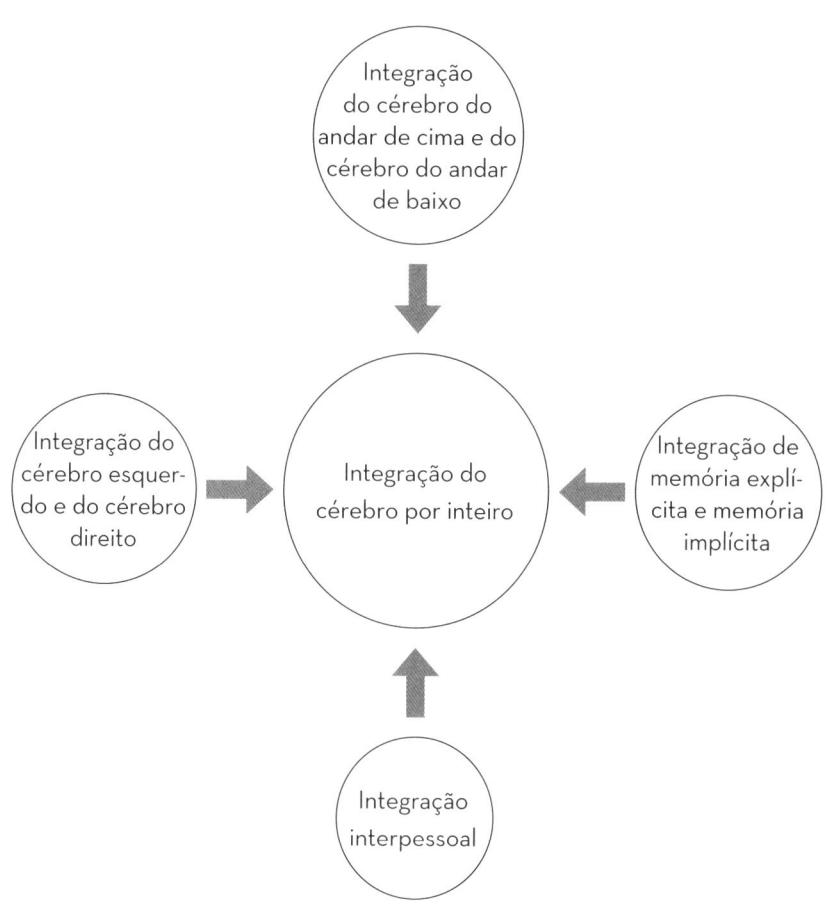

ESTABELECENDO AS BASES PARA CONEXÃO: CRIANDO MODELOS MENTAIS POSITIVOS

As pessoas mais importantes na vida do seu filho fazem muito mais do que apenas amá-lo e mantê-lo seguro. Esses cuidadores — pais, avós, babás, professores, colegas e outras figuras importantes em seu mundo — estabelecerão as bases para o que ele entenderá sobre relacionamentos e como se conectará com os outros pelo resto da vida.

Como as pessoas mais importantes para o seu filho têm uma influência tão profunda em sua inteligência emocional e desenvolvimento social, sua importância não pode ser superestimada.

Pense agora sobre os cuidadores e as pessoas importantes na vida do seu filho. Reserve um momento para escrever seus nomes e depois responda às seguintes perguntas para cada uma: "Que tipo de modelo mental meu filho está recebendo dessa pessoa? Como me sinto em relação a isso? Há alguma mudança que eu queira fazer — seja para que meu filho tenha mais tempo com os modelos positivos ou menos com os negativos". Oferecemos algumas sugestões na tabela a seguir. Preencha o restante com suas próprias informações.

Nome	Modelo mental de relacionamento	Meus sentimentos	Ação
Treinador Taylor	Estar em um relacionamento significa trabalhar em conjunto e fazer sacrifícios pelos outros. Ser um líder significa ser um modelo — não um ditador	Positivos. Modelo masculino forte que oferece orientação firme com respeito e gentileza.	Perguntar ao treinador se há um programa de verão, garantir que meu filho compareça ao treino com mais regularidade.

CAPÍTULO 6

Nome	Modelo mental de relacionamento	Meus sentimentos	Ação
Tia Shelly	Estar em um relacionamento significa encontrar defeitos e ser crítico. Estar em um relacionamento significa se sentir mal consigo mesmo ou fazer outra pessoa se sentir pior para que você se sinta melhor.	Negativos. Não é alguém que eu queira influenciando ou compartilhando seus pontos de vista com meu filho.	Limitar a frequência com que a vemos. Não deixar meus filhos sozinhos com ela. Talvez ter uma conversa com Shelly sobre como ela está nos afetando.
Joey Thomas	Relacionamentos entre pares significa competição, inveja, rivalidade e que todos são meus adversários.	Negativos. Não é o tipo de amigo que quero para o meu filho. Cria um ambiente estressante na escola. Meu filho agora enxerga competição por um viés negativo.	Conversar com meu filho sobre como é uma verdadeira amizade. Ajudá-lo a pensar sobre quem são seus verdadeiros amigos e planejar convidar um deles para ir em casa.

Nome	Modelo mental de relacionamento	Meus sentimentos	Ação

Tenha em mente que os influenciadores importantes não precisam ser as pessoas com quem seu filho passa mais tempo. O que você verá é que tipo de papel cada pessoa desempenha para seu filho (*professor, colega, mentor, confidente* etc.) e quanto impacto parece ter na maneira como seu filho vê a si mesmo e o mundo ao seu redor.

PENSANDO NA NOÇÃO DE *SELF* DO SEU FILHO

Algumas crianças precisam aprender a se unir e pensar nos outros. Outras precisam desenvolver um senso mais forte de um *self* individual e uma vontade de serem fortes e se defenderem. Lembre-se: uma experiência integrada significa honrar tanto o *self* individual quanto o relacional. Quando um ou outro está faltando na equação, a vida não é integrada e podemos nos tornar propensos ao caos ou à rigidez, em vez de viver com um senso de harmonia e a riqueza que vem com o bem-estar da integração.

Em um esforço para ajudar seus filhos a desenvolverem habilidades e fortalecerem seus "músculos relacionais", dedique um momento para pensar em todas as áreas em que ele pode precisar de apoio extra para desenvolver seu senso de *self*. Ele precisa de apoio em seu modo de ser individual ou relacional? Tem uma tendência a perder seu *self* individual nas necessidades dos outros? Afirma demais seus pontos de vista e não leva em consideração as necessidades e os sentimentos dos outros? Essas são questões de integração que exploram como o indivíduo e as experiências do *self* relacional — o "eu" e o "nós" — estão em equilíbrio para apoiar a identidade integrada de um MWe. Pense, por exemplo, em uma conversa interna negativa, ansiedade, um nível de timidez que é inibidor, dificuldade em pedir o que ele precisa ou não ser capaz de explicar seus sentimentos. Escreva quaisquer sinais que você tenha percebido no espaço a seguir:

_____
_____
_____
_____
_____
_____
_____
_____

Em seguida, volte sua atenção para qualquer coisa que tenha notado que possa ser um sinal de que seu filho precisa desenvolver habilidades para desenvolver seu "nós" — ou seja, mostrar a capacidade de interagir e se relacionar bem com os outros. Pense, por exemplo, sobre qualquer dificuldade de ler pistas sociais, não ser capaz de dizer a diferença entre brincar e provocar, desconforto em participar de brincadeiras em grupo, dificuldade de fazer e manter amigos, incapacidade de compartilhar ou dificuldade de ver as coisas do ponto de vista de outra pessoa. Escreva quaisquer detalhes que te ocorram no espaço seguinte:

_____
_____
_____
_____
_____
_____
_____
_____
_____
_____

Refletir sobre a capacidade de nossos filhos de usar a visão mental em suas vidas diárias nos permite, como pais, oferecer todo suporte de que eles possam precisar para melhorar sua compreensão de si mesmos e dos outros e, assim, desfrutar de relacionamentos bem-sucedidos. É assim que criamos a base para as experiências de desenvolvimento de nossos filhos e o desenvolvimento de um *self* integrado.

INTEGRANDO O *SELF* E OS OUTROS

Agora seja específico sobre como você gostaria de atender às necessidades de seu filho nas áreas listadas há pouco. Por exemplo, se descrever seu filho como sendo tímido, ele pode precisar de incentivo para tentar coisas novas e, ao mesmo tempo, ter necessidade de um pai que saiba quando não pressionar e possa ser compreensivo (nós nos referimos a isso como o método "empurrar e amortecer", uma expressão que Tina ouviu de alguém em um de seus *workshops*. Algumas crianças precisam de mais empurrão, e algumas precisam de mais amortecimento. Você pode decidir o que é necessário em qualquer momento com base no temperamento do seu filho, na idade de desenvolvimento, no humor etc.).

Por outro lado, uma criança que parece bem menos capaz de considerar a perspectiva dos outros pode se beneficiar de perguntas do tipo *"como você acha que ela se sente?"* para ajudá-la a praticar sua empatia. E a criança barulhenta pode precisar de ajuda para ler sinais sociais.

Não importa como você descreveria as necessidades particulares de seu filho em termos de desenvolvimento de um "nós" bem-sucedido com os outros. Use as linhas a seguir para detalhar algumas maneiras específicas de ajudar seu filho a desenvolver habilidades em áreas necessárias e ainda mais "músculos relacionais".

_____

_____

_____

_____

_____

_____

_____

Assim como não queremos que nossos filhos usem apenas o cérebro esquerdo ou o direito, também não queremos que eles se concentrem apenas em seus "eus" individuais — deixando-os egocêntricos e isolados. Tampouco queremos que sejam apenas relacionais — deixando-os sem um senso claro de sua própria individualidade e vulneráveis a relacionamentos doentios. O que queremos é que eles tenham o cérebro por inteiro e desfrutem de relacionamentos integrados, onde sejam diferenciados (separados) e vinculados (em conexão com os outros). Isso é um MWe.

CULTIVANDO UM ESTADO MENTAL "SIM": AJUDANDO AS CRIANÇAS A SEREM RECEPTIVAS A RELACIONAMENTOS

Você provavelmente já percebeu que há momentos em que seu filho é completamente receptivo ao que você tem a dizer e outros em que ele é apenas reativo. Todos nós temos momentos em que estamos abertos a ideias, pessoas e experiências... E momentos em que não estamos. Quando você não está se sentindo tão aberto, pode se sentir realmente fechado, isolado e na defensiva.

Um momento como esse provavelmente não é o melhor para seu parceiro trazer à tona o fato de que você se atrasou para levar as crianças ao caratê no dia anterior!

Estado reativo – Estado mental "não"	Estado receptivo – Estado mental "sim"
Fecha-se	Escuta bem e sente-se conectado
Sente-se na defensiva	Considera os sentimentos dos outros
Acusa / julga	Dá o benefício da dúvida
Responde de maneira fechada	Sente-se relaxado e aberto
Reage sem pensar	Faz uma pausa e dá uma resposta ponderada
Tensiona os músculos e aumenta a frequência cardíaca	Relaxa os músculos e diminui a frequência cardíaca

Para ajudar você a experimentar dentro de si esses diferentes estados mentais, pratique o exercício de Dan que mencionamos em *O Cérebro da Criança*: recrute um adulto para ajudar você e peça que ele repita uma palavra várias vezes. Seu trabalho é simplesmente perceber que sensação surge em seu corpo ao ouvi-la.

A primeira palavra é "não", dita com firmeza e severidade sete vezes, com cerca de dois segundos entre cada "não". Então, depois de mais uma pausa, ele dirá um "sim" claro, mas de certa forma mais suave, sete vezes.

Escreva sobre como seu corpo se sentiu primeiro quando seu parceiro disse "não" (*sufocado, irritado, fechado, repreendido* etc.) e depois como se sentiu quando ouviu a palavra "sim" (*leve, calmo, pacífico* etc.).

_____

_____

_____

_____

_____

_____

_____

Essas duas reações diferentes — os sentimentos "não" e os sentimentos "sim" — demonstram o que queremos dizer quando falamos sobre reatividade e receptividade. A reatividade emerge do nosso cérebro do andar de baixo e nos deixa nos sentindo fechados, chateados e na defensiva, enquanto que um estado receptivo aciona o sistema de engajamento social do cérebro do andar de cima que nos conecta com os outros, permitindo que nos sintamos seguros e vistos.

CRIANDO RECEPTIVIDADE NO SEU FILHO

Agora que você tem uma noção clara de como se sente quando está em um estado reativo ou receptivo, vamos usar esse conhecimento para que veja se está tentando ensinar seus filhos quando eles são realmente capazes de aprender!

Comece listando na tabela (a seguir) algumas interações com seu filho onde seu objetivo é ensinar (ajudar, oferecer conselhos, compartilhar percepções, comportamento correto). Nas duas colunas seguintes, descreva a resposta de seu filho a esse ensinamento e, em seguida, as pistas que lhe dizem se ele estava em um estado receptivo ou reativo no momento (agora que você pensa nisso). Na coluna final, anote suas ideias sobre o que poderia fazer diferente da próxima vez ou o que pode ter tornado a interação tão bem-sucedida. Oferecemos dois exemplos. Veja se consegue preencher o resto do quadro com suas próprias experiências.

Evento	Resposta da criança	Reativo ou receptivo?	Da próxima vez
Dirigindo no carro com meus dois filhos brigando. No meio disso, tento corrigir o tom de voz da minha filha (em uma tentativa de ajudá-la a transmitir seu ponto de vista sem irritar o irmão).	Começa a chorar e diz que eu sempre fico do lado do irmão. Fica ainda mais brava com ele. Cruza os braços, emburra e se vira de costas para mim. A briga entre eles continua.	Reativo. A discussão entre eles estava esquentando. A voz elevada e a linguagem corporal rígida eram sinais de que ela já estava sobrecarregada tentando se defender do irmão. Minha interferência apenas a levou além do limite	Parar o carro. Se possível, tirá-los do carro para que pudessem ter alguma distância um do outro. No mínimo, tratar do problema mais tarde, quando ela estiver calma (e quando o irmão não estiver junto), para que ela possa absorver a informação sem se sentir na defensiva.
Meu filho estava tendo dificuldade com o dever de casa e ficando muito chateado. Eu queria ajudar e comecei por demonstrar empatia com o quanto o dever parecia difícil e como ele parecia frustrado. Então perguntei se havia alguma coisa que ele precisasse de mim.	Percebi que a empatia o ajudou a relaxar o corpo — seu rosto suavizou, ele respirou fundo, se recostou na cadeira e suspirou. Quando perguntei se precisava de alguma coisa de mim, ele conseguiu falar sobre o que o estava incomodando.	Receptivo. Comecei por demonstrar empatia, o que lhe permitiu relaxar e absorver todo o resto.	Às vezes, esqueço a parte da empatia e entro com sugestões sobre como resolver o que o está deixando chateado. Isso quase nunca funciona. Preciso de um lembrete para sempre começar ajudando-o a sentir que compreendo sua experiência (conectar e redirecionar!)

Evento	Resposta da criança	Reativo ou receptivo?	Da próxima vez

Agora que olhou para esses momentos anteriores com seus filhos — e pensou em como suas palavras foram recebidas dependendo do estado emocional deles —, talvez você considere útil a partir de agora anotar os comportamentos que percebe enquanto ele passa de reativo (*suspiros pesados, revirar os olhos, braços cruzados* etc.) a receptivo (*corpo relaxado, contato visual, conversa leve* etc.). Você pode fazer isso no espaço a seguir:

_____
_____
_____
_____
_____
_____
_____
_____
_____
_____

Ter uma noção clara de como seu filho sinaliza que está em um estado receptivo ou reativo pode ajudar você a entender o que ele pode estar precisando naquele momento.

ESTRATÉGIA DO CÉREBRO POR INTEIRO Nº 11:
AUMENTAR O FATOR DE DIVERSÃO FAMILIAR: TRATANDO DE APRECIAR UNS AOS OUTROS

Rir, ser bobo e se divertir com seus filhos é uma maneira simples de mudar o clima quando todos estão se sentindo excessivamente reativos. É claro que as crianças precisam de limites e estrutura, mas "parentalidade lúdica" e experiências positivas como família acrescentam mais à vida e ao desenvolvimento de seu filho do que você pode imaginar:

- Prepara as crianças para relacionamentos;
- Incentiva a conexão com os outros;
- Oferece reforço positivo sobre estar em um relacionamento amoroso no futuro, quando se tornarem adultas;
- Reforça os desejos positivos e saudáveis à medida que a dopamina é liberada do sistema de recompensa em conexão com o prazer de relacionamentos familiares (ou seja, diversão e brincadeiras são uma recompensa);
- Reforça os laços entre pais e filhos;
- Melhora o relacionamento entre irmãos;
- Ajuda a mudar as emoções negativas;
- Melhora a receptividade da criança e reduz a reatividade;
- Reduz as lutas de poder e incentiva a cooperação!

ESTRATÉGIA 10
EM VEZ DE "ORDENAR E EXIGIR"

TENTE CRIAR SEUS FILHOS DE MODO DIVERTIDO

Como adultos, frequentemente nos vemos presos ao objetivo de fazer as coisas ou passar para a próxima tarefa. Por causa disso, ensinar habilidades importantes para a vida por meio de brincadeiras ou mudar as emoções sendo bobos nem sempre é nossa inclinação natural. No entanto, quanto mais fazemos isso, mais fácil se torna. E isso várias vezes nos poupa muito tempo e energia, porque as crianças ficam mais propensas a cooperar quando estamos sendo divertidos.

CONSIDERE O PODER DA BRINCADEIRA

Pense nas partes do seu dia que normalmente parecem resultar em lutas de poder entre seu filho e você. Existem certas áreas em que sente que está fazendo um esforço sobre-humano para que seu filho coopere? Para algumas famílias, preparar-se para sair de casa, fazer o dever de casa, a hora das refeições ou a hora de dormir podem ser momentos de tensão e frustração. Podem inclusive ter se tornado momentos que você teme! Considere o poder da brincadeira durante momentos assim. Como você pode usar a tolice (ou brincadeiras) quando depara com as partes do seu dia que mais resultam em lágrimas ou acessos de raiva? Dê uma olhada na tabela a seguir, em que oferecemos alguns exemplos de situações típicas e possíveis alternativas. Em seguida, acrescente exemplos da experiência da sua família e pense em como os resultados podem diferir quando você tenta uma resposta diferente ao comportamento de seu filho ou muda a maneira como incentiva a cooperação dele.

Situação	Como costumo responder / tento obter cooperação	Algo bobo, divertido ou brincalhão que eu possa fazer em vez disso
Meu filho tem dificuldade para sair de casa para à escola todos os dias. Eu sinto que estou sempre incomodando ele para fazer as tarefas mais simples, e nós dois acabamos muito frustrados um com o outro.	*Incomodando (pedindo várias vezes para cada etapa).* *Quadros de tarefas.* *Fazendo tudo sozinho.* *Ficando irritado quando, no último minuto, ele corre de volta para casa para buscar o dever de casa esquecido, o suéter, o lanche etc.*	*Como ele adora videogames, talvez eu possa transformar sua rotina matinal em um jogo em que cada tarefa/responsabilidade feita signifique que ele chega a um novo nível. Responder a cada nível alcançado com músicas e danças bobas (isso provavelmente me ajudaria a reduzir meu nível de estresse também).* *Ver se ele pode bater sua pontuação a cada semana fazendo as coisas mais rápido? Acrescentando mais responsabilidades?*

CAPÍTULO 6

Situação	Como costumo responder / tento obter cooperação	Algo bobo, divertido ou brincalhão que eu possa fazer em vez disso
Minha filha briga toda vez que precisa tomar banho. Não importa quanto tempo tenha passado, ela tenta negociar. Acho que tem mais a ver com parar o que ela está fazendo — e não necessariamente o banho em si (ela adora depois que entra).	Já tentei recompensas, "fazer acordos", gritar, deixá-la fazer a programação etc. Agora, fico com a expectativa da dificuldade e me irrito antes mesmo de dizer a ela que está na hora de tomar banho.	Anunciar a hora do banho com um sotaque bobo ou fingir que sou um personagem de um programa de TV de que ela gosta. Continuar com o sotaque durante a hora do banho. Criar um mapa do tesouro para levá-la ao banho? Deixá-la montar nas minhas costas até o banheiro e fingir que sou o pônei dela?

Situação	Como costumo responder / tento obter cooperação	Algo bobo, divertido ou brincalhão que eu possa fazer em vez disso

Sendo pessoas ocupadas, é fácil ficarmos presos em nossa própria agenda de querer fazer as coisas para podermos passar para a atividade seguinte. Ao fazer isso, porém, perdemos de vista o fato de que nossos filhos são pessoas que têm vidas internas próprias, temperamentos próprios e até mesmo suas próprias agendas! Sim, todos precisamos que nossos filhos aprendam a cooperar, assumir responsabilidades e pensar como parte do grupo. Mas perder sua conexão (e sua paciência) com seu filho por causa de seu desejo de que ele faça o que você quer, quando você quer, não é uma maneira eficaz de ensinar essas habilidades.

Quando enfrentar potenciais lutas de poder com seu filho, observe seus próprios padrões de comportamento e, em seguida, abra espaço para uma resposta diferente e mais leve que possa levar a menos resistência de seu filho, além de uma maior conexão entre vocês dois.

PENSANDO NO FATOR DE DIVERSÃO DA NOSSA FAMÍLIA

Claro que todos temos vidas ocupadas, e as responsabilidades fora do tempo da família são frequentemente muito importantes. Mas se você sentir que a maior parte do seu tempo com seus filhos é gasto corrigindo comportamentos (ou apenas "gerenciando-os" até que possa chegar à hora de dormir), pare e pergunte a si mesmo: "O quanto estamos nos divertindo juntos como uma família?" Se a resposta para isso se enquadra na categoria de "não o suficiente", como acha que poderia ser mais intencional em aproveitar o tempo que tem com seus filhos? O que poderia fazer para que se divertir com eles fique à frente da sua consciência com mais frequência? Considere essas perguntas e escreva seus pensamentos aqui:

_____
_____

_____
_____
_____
_____
_____

Agora, pense sobre a questão a partir da perspectiva de seus filhos. O que acha que eles diriam sobre como se sentem em relação ao tempo da família? Eles diriam que recebem uma dose de dopamina — uma sensação de empolgação, prazer ou interesse — quando a família está reunida? Eles ficam animados com o tempo em família? Você acha que eles diriam que há mais tensão e brigas do que diversão? Eles vão crescer sabendo que, mesmo que ninguém seja perfeito e mesmo que haja conflito às vezes, vocês se divertiram muito juntos como família? Pense sobre essas questões e escreva seus pensamentos a seguir:

_____
_____
_____
_____
_____
_____

Lembre-se, diversão em família não significa apenas grandes eventos. Aconchego na hora de dormir, construir laços fortes, até mesmo rir de piadas infames juntos podem ser momentos que unem sua família e ajudam seus filhos a desenvolver as habilidades de relacionamento que mencionamos anteriormente.

Liste algumas das maneiras específicas pelas quais sua família se diverte.

___

Agora que fez isso, dê uma olhada em todas as coisas que listou e dedique um minuto para apreciar o quanto sua família já se diverte quando estão juntos. Em seguida, faça um *brainstorming* de algumas ideias de outras maneiras pelas quais você pode trazer ainda mais diversão e risadas para o seu tempo com a família. Pode ter a ver com a organização de uma noite de jogos semanal, pegar um livro de piadas que seus filhos adoram e contá-las durante o jantar, dar um passeio de bicicleta ou comprar ingressos para o circo que está na cidade. Basta debater algumas ideias para aumentar o fator diversão em família.

ESTRATÉGIA DO CÉREBRO POR INTEIRO Nº 12:

CONECTAR POR MEIO DO CONFLITO: ENSINANDO AS CRIANÇAS A ARGUMENTAR COM UM "NÓS" EM MENTE

Quase nunca é divertido quando nossos filhos não se dão bem uns com os outros. No entanto, se pudermos olhar para os conflitos deles como uma oportunidade para ajudá-los a melhorar seus relacionamentos e desenvolver habilidades de visão mental, podemos nos sentir menos ansiosos quando essas brigas e desentendimentos ocorrerem. Em *O Cérebro da Criança*, detalhamos três ferramentas de construção da visão mental:

1. **Ver através dos olhos do outro:** ajudar as crianças a reconhecerem outros pontos de vista.
2. **Ouvir o que não está sendo dito:** ensinar às crianças sobre comunicação não verbal e sintonia com os outros.
3. **Reparar:** ensinar as crianças a acertarem as coisas depois de um conflito.

Vamos ver agora como podemos colocar essas habilidades em ação para que todos sejamos capazes de sobreviver a esses conflitos individuais, além de ajudar nossos filhos a prosperarem à medida que avançam para a idade adulta.

CAPÍTULO 6

VER ATRAVÉS DOS OLHOS DO OUTRO

Quando nossos filhos estão chateados com alguém, é porque estão tendo dificuldade para enxergar a interação a partir da perspectiva da outra pessoa.

ESTRATÉGIA 11
EM VEZ DE "DESPREZAR E NEGAR"...

- Mamãe, Mark me chamou de burra.
- O que você fez a ele?
- Nada. Estávamos só conversando e ele disse isso.
- Fique longe dele por um tempo. Vocês dois estão mal-humorados no momento.

TENTE CONECTAR POR MEIO DO CONFLITO

- Mamãe, Mark me chamou de burra.
- Nossa, por que você acha que ele disse isso?
- Bom, talvez porque eu tenha zombado do desenho dele. Mas só estava brincando.

Como é uma habilidade que não vem naturalmente — especialmente para crianças pequenas — um exercício muito literal pode ser útil.

Provavelmente é mais fácil tentar o seguinte exercício pela primeira vez com um conflito entre seu filho e outro membro da família, mas você pode fazê-lo com qualquer pessoa utilizando, para isso, uma foto bem nítida.

Você precisará de uma foto da pessoa com quem seu filho está chateado (pode até ser você!) — de preferência uma foto em que a pessoa esteja de frente para a câmera — que seja ampliada para que o rosto fique aproximadamente em tamanho natural. Você também precisará de uma tesoura ou um estilete, dois pedaços de 30 centímetros de fio ou barbante e fita adesiva transparente.

Para começar, corte qualquer papel extra em volta do rosto e use a tesoura ou o estilete para remover os olhos da foto para que você possa ver através deles. Prenda uma extremidade dos barbantes em cada lado, no nível da têmpora, para que possa amarrá-los atrás da cabeça do seu filho como uma máscara.

Faça com que o pequeno fique diante de um espelho para que possa ver que não apenas se parece com a pessoa com quem está tendo problemas (a amiga, a irmã, o pai etc.), mas que também está literalmente olhando através dos olhos de outra pessoa (não há problema algum em se divertir e até ser bobo durante esse exercício; vai parecer estranho para vocês dois, então aproveitem.).

Enquanto seu filho continua olhando para o seu "eu" mascarado no espelho, faça-o pensar em como a outra pessoa pode ter se sentido, tanto antes quanto depois do conflito.

Enquanto faz isso, comece a falar sobre o que essa pessoa e ele estão brigando. Seu filho pode se sentir bobo no começo, mas incentive-o a continuar. Ao assumir o papel dele, você pode guiar a conversa e dar voz ao que ele poderia ter querido dizer no momento — esclarecendo o que ele pode estar sentindo. Isso pode permitir que o pequeno comece a ver as coisas do ponto de vista de outra pessoa. Poderia ser algo assim, se sua filha tivesse ficado com raiva de uma de suas amigas da escola:

Você	(desempenhando o papel da sua filha): Ontem, quando eu quis brincar com a Lilah, você me fez achar que eu tinha que brincar com você, ou você não seria mais minha amiga!
Criança	(usando máscara, olhando no espelho e fazendo o papel da outra pessoa): Você nunca brinca comigo! Além disso, você é minha amiga, não dela!
Você	Claro que eu sou sua amiga. E sempre vou ser, mesmo se brincar com outras pessoas. Quando você disse que não seria mais minha amiga, fiquei assustada.
Criança	Bem... Eu não queria assustar você. Eu só queria que você brincasse comigo. Eu acho... Acho que senti ciúme.
Você	Você ficou com medo que eu não seria mais sua amiga se brincasse com a Lilah?
Criança	É... Talvez. Talvez eu tenha pensado que você ia gostar mais dela do que de mim e então eu não teria mais você como minha melhor amiga.

Você	Deve ter sido um sentimento bem chato. Aposto que você ficou muito brava, assustada e preocupada ao mesmo tempo! É difícil para mim ficar calma quando fico assim e às vezes digo a primeira coisa que consigo pensar! Foi esse tipo de coisa que aconteceu com você?
Criança	É... Acho que sim. Acho que talvez eu só quisesse que você ficasse comigo e então disse que não seria mais sua amiga. Acho que eu sabia que não era legal, mas meio que não sabia mais o que dizer.

Quando sentir que seu filho fez algumas boas suposições sobre o que a outra pessoa podia estar sentindo, pode parar a dramatização e resumir as coisas: "*Então talvez a Zoe não estivesse tentando ser má e mandona, talvez estivesse na verdade com ciúme e assustada, hein? Isso faz você pensar diferente sobre a situação?*"

Não se sinta pressionado para fazer funcionar perfeitamente. Você está simplesmente tentando fazer com que seu filho veja a situação de uma perspectiva diferente.

LEITURA DE SINAIS NÃO VERBAIS

Quando se trata de conflitos de relacionamentos, além de ver as coisas de mais de um ponto de vista, é essencial poder entender a linguagem corporal, as expressões faciais e o tom de voz de alguém. Essas pistas não verbais às vezes comunicam ainda mais do que palavras e, como as crianças não são naturalmente hábeis em interpretar o que não está sendo dito, precisamos ajudá-las. Às vezes, trata-se apenas de levantar a questão para seus filhos, o que pode se desenrolar assim:

Pai	Como o Matt está lidando com a derrota?
Filho	Acabei de falar com ele. Ele disse que está bem.

Pai	Olha ele lá. Você acredita nele? Parece que está aceitando bem?
Filho	Talvez não.
Pai	Quer ir dizer "oi" de novo?
Filho	É, tudo bem.

Às vezes, é preciso mais trabalho da sua parte e será necessário apontar as muitas formas através das quais as pessoas se comunicam. Existem algumas maneiras simples de fazer isso, mas vamos começar escrevendo sobre como você acha que seu filho é bom em ler sinais não verbais. Que tipo de sinais não verbais ele capta bem? Há alguma razão para você achar que ele é melhor em reconhecer alguns e ser menos consciente de outros? Explore essas questões aqui.

_____
_____
_____
_____
_____
_____
_____
_____
_____
_____
_____
_____

Essas reflexões ajudarão você a identificar os pontos fortes de seu filho, bem como onde ele precisa desenvolver habilidades quando se trata de perceber e entender as sutilezas da comunicação. Mesmo as crianças que são bastante espertas socialmente podem às vezes receber uma ajuda extra para decifrar o que realmente está acontecendo em seus relacionamentos.

LEIA MEUS SINAIS: UM JOGO DE ADIVINHAÇÃO

Uma maneira de aumentar a empatia e a percepção de seus filhos é jogar um jogo de adivinhação chamado "Leia meus sinais". Para pré-escolares, você pode começar demonstrando emoções diferentes com seu rosto e corpo e pedindo que adivinhem o sentimento. Você pode fazer com que eles mostrem a você também: "Mostre como seu corpo e seu rosto ficam quando você está feliz. Agora mostre bravo."

Então, quando as crianças estiverem em idade escolar, você pode começar dizendo a eles que, além do que dizem, todas as pessoas enviam sinais (ou dicas) sobre o que estão sentindo de várias outras maneiras. Por exemplo, uma criança que acabou de perder um grande jogo de futebol pode dizer que está bem, mas seus ombros caídos, cabeça baixa e rosto abatido são sinais não verbais que dizem o contrário.

Usando fotos em sua casa, revistas ou álbuns de fotos, peça ao seu filho que descreva o que ele acha que cada pessoa está sentindo, observando a linguagem corporal e as expressões faciais. Você pode ampliar esse jogo fazendo o mesmo exercício usando um filme ou um programa de televisão com o som desligado, ou mesmo em um local público — desde que você não esteja tão perto que as pessoas saibam que você está falando delas!

No consultório de terapia, usamos cartazes e dividimos cada lado dos cartazes em quatro quadrados e os rotulamos com diferentes sentimentos. Usamos os cartazes de várias maneiras, como fazer com que a criança fique de pé nos quadrados e represente o sentimento, recortando fotos de revistas e colando-as na caixa apropriada ou até mesmo desenhando o próprio rosto sentindo as emoções. Você pode tirar uma foto do seu filho expressando várias emoções e rotulá-las para colocar em um livro também. Há muitas maneiras de fazer isso! Use a criatividade!

Então, da próxima vez que seu filho tiver um conflito com um amigo ou estiver confuso sobre o comportamento de alguém, volte a uma dessas atividades e peça que ele pense sobre a comunicação não verbal que pode ter deixado passar e que poderia dar pistas sobre como resolver a situação.

APRENDENDO A REPARAR

Como adultos, sabemos a importância de pedir desculpas e ensinamos nossos filhos a reconhecer momentos em que precisam fazê-lo. Mas as crianças também precisam saber quando é necessário fazer um reparo e quando precisam tomar medidas para corrigir um erro que cometeram. Quando conseguimos abrir caminho por meio das atitudes defensivas e da relutância em aceitarem responsabilidades de nossos filhos, podemos ajudá-los a se preocuparem com quem possam ter magoado e orientá-los a fazerem esforços para obter reconexão.

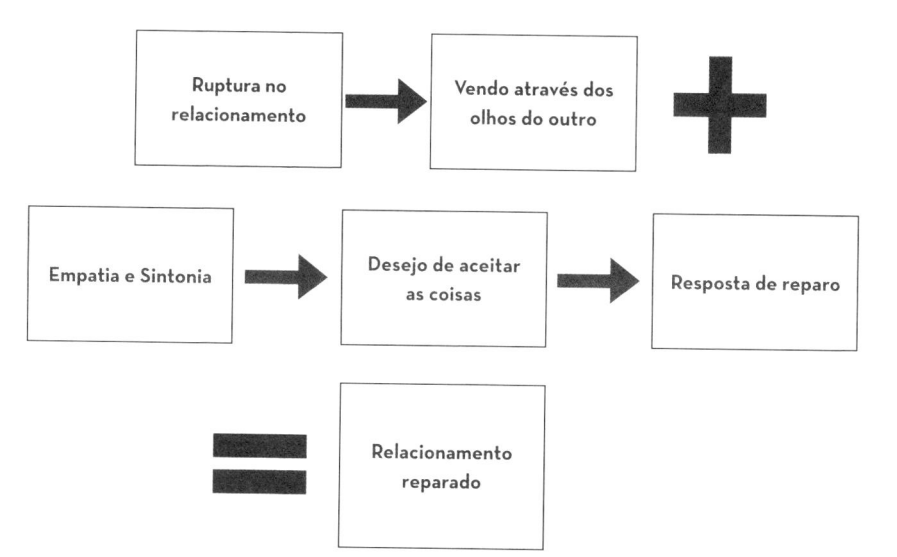

Ruptura no relacionamento → Vendo através dos olhos do outro +

Empatia e Sintonia → Desejo de aceitar as coisas → Resposta de reparo

= Relacionamento reparado

Vamos dar uma olhada em um conflito recente entre seu filho e outra pessoa — talvez um amigo ou um irmão. Como você ajudou seu filho a desenvolver a visão mental e a considerar os sentimentos da outra pessoa? Foi feito algo para acertar as coisas? Em caso afirmativo, foi uma resposta específica e direta (como substituir um brinquedo quebrado) ou uma resposta mais relacional (como escrever uma carta de pedido de desculpas ou fazer algo gentil para a outra pessoa)? Como seu filho se sentiu ao realizar o reparo? Se não foi feito nenhum reparo, o relacionamento foi afetado? O que você faria diferente da próxima vez, se for o caso? Escreva aqui seus pensamentos:

_____
_____
_____
_____
_____
_____
_____
_____

Assim como muitas outras habilidades que discutimos no livro de exercícios, modelar a capacidade de realizar um reparo ajuda bastante no ensino. Se você passou por uma ruptura com seu filho quando perdeu a paciência, ficou impaciente ou disse algo de uma maneira que gostaria de não ter dito, mostre a ele que você também pode pedir desculpas sinceras e genuínas. As crianças fazem como nós. Ações falam mais alto que palavras.

CRIANÇAS COM CÉREBRO POR INTEIRO: ENSINE SEUS FILHOS INTEGRANDO O *SELF* COM O OUTRO

Além dos exercícios que sugerimos, o desenho a seguir foi criado para que você possa lê-lo com seu filho para ajudar a introduzir o conceito de ver a sua própria mente e a dos outros.

CRIANÇAS COM CÉREBRO POR INTEIRO:
INSTRUA SEUS FILHOS A INTEGRAR O *SELF* COM O OUTRO

EU E NÓS

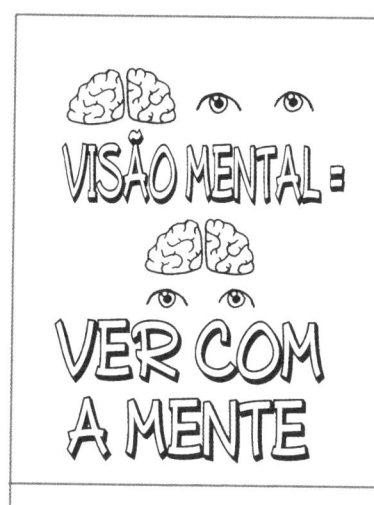

VISÃO MENTAL = VER COM A MENTE

Assim como "visão ocular" é ver com os olhos, "visão mental" é ver com a mente. Significa duas coisas:

Primeiro, significa olhar para dentro da própria mente para ver o que está acontecendo ali. A visão mental permite que você preste atenção às imagens na sua cabeça, aos pensamentos na sua mente, às emoções que você sente e às sensações no seu corpo. Ajuda você a se conhecer melhor.

> Não estou me sentindo bem hoje...

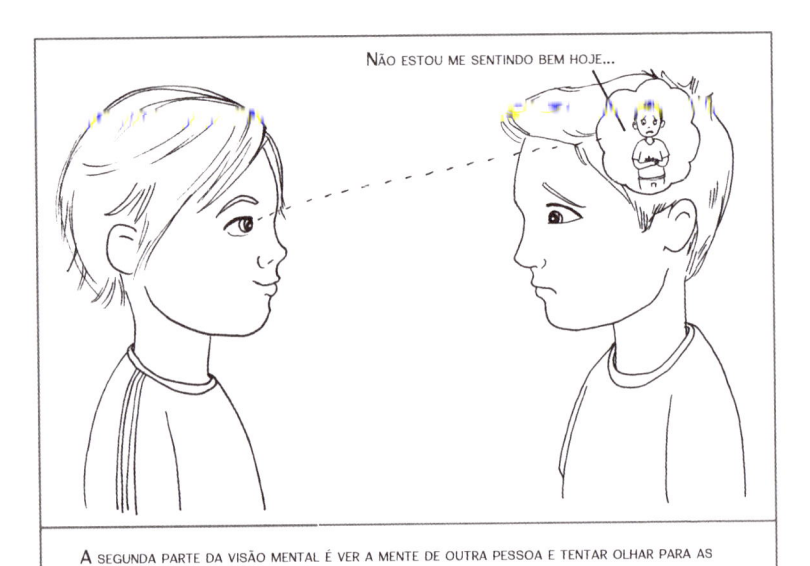

A segunda parte da visão mental é ver a mente de outra pessoa e tentar olhar para as coisas da maneira como ela olha.

POR EXEMPLO:

> Por que você acha que Tim queria tanto aquela arma?

Drew voltou para casa depois de ter brincado na casa de Tim e contou ao pai que ele e seu amigo haviam brigado para decidir quem usaria a nova pistola-d'água de Tim e quem usaria a velha. Ambos acabaram decidindo por revezarem os brinquedos, mas, quando chegou em casa, Drew ainda estava chateado.

Ele explicou que, como era a visita, achou que Tim deveria tê-lo deixado usar a arma. O pai de Drew escutou-o e disse que o compreendia. Então, perguntou: "Por que você acha que Tim queria tanto aquela arma?".

DREW PENSOU POR UM INSTANTE: "PORQUE ERA A ARMA NOVA DELE E ELE AINDA NÃO HAVIA CONSEGUIDO BRINCAR COM ELA?". NAQUELE MOMENTO, DREW USOU SUA VISÃO MENTAL PARA COMPREENDER OS SENTIMENTOS DE TIM. ELE NÃO ESTAVA MAIS IRRITADO.

DA PRÓXIMA VEZ QUE FICAR CHATEADO COM ALGUÉM, USE SUA PRÓPRIA VISÃO MENTAL PARA VER COMO A OUTRA PESSOA SE SENTE. ESPECIALMENTE QUANDO DISCUTIR COM ALGUÉM OU SE SENTIR FRUSTRADO EM RELAÇÃO A ESSA PESSOA, PODERÁ SER REALMENTE MUITO ÚTIL USAR A SUA VISÃO MENTAL PARA VER O QUE ELA PODE ESTAR PENSANDO OU SENTINDO. ISSO PODERÁ FAZER VOCÊS SE SENTIREM MUITO MAIS FELIZES.

Qualquer passo dado que desenvolva em seus filhos habilidades de visão mental, como percepção e empatia, será um presente importante que você lhes dará e um investimento no futuro sucesso relacional deles.

INTEGRANDO A NÓS MESMOS: ENCONTRANDO SENTIDO EM NOSSA PRÓPRIA HISTÓRIA

Agora que passamos algum tempo lendo e pensando em como seu filho pode melhorar suas habilidades de relacionamento, vamos voltar o foco para você, o pai ou a mãe. Com que competência nós conseguimos encontrar sentido em nossas experiências com nossos próprios pais e o quanto somos sensíveis a nossos filhos é o que influencia mais fortemente nosso relacionamento com eles e, portanto, o quanto crescem.

Tudo se resume ao que chamamos de nossa narrativa de vida, a história que contamos quando olhamos para quem somos e como nos tornamos a pessoa que somos. Nossa narrativa de vida revela:

- Nossos sentimentos sobre o passado;
- Nossa compreensão de porquê as pessoas (como nossos pais) se comportavam como se comportavam;
- Nossa consciência da maneira como esses eventos impactaram nosso desenvolvimento na vida adulta.

Como discutimos ao longo do conteúdo, quando aprendemos a não sermos pais de forma reativa, podemos ser receptivos ao que nossos filhos mais precisam no momento. A criação de filhos reativa ocorre, em grande parte, quando não examinamos nossa narrativa de vida por mágoas não resolvidas, necessidades não atendidas e nossas crenças do passado se intrometem no presente — às vezes até sem nossa consciência.

Por exemplo, considere de que forma experiências, comportamentos e estratégias de enfrentamento que não são examinadas podem afetar gerações de pessoas em uma família.

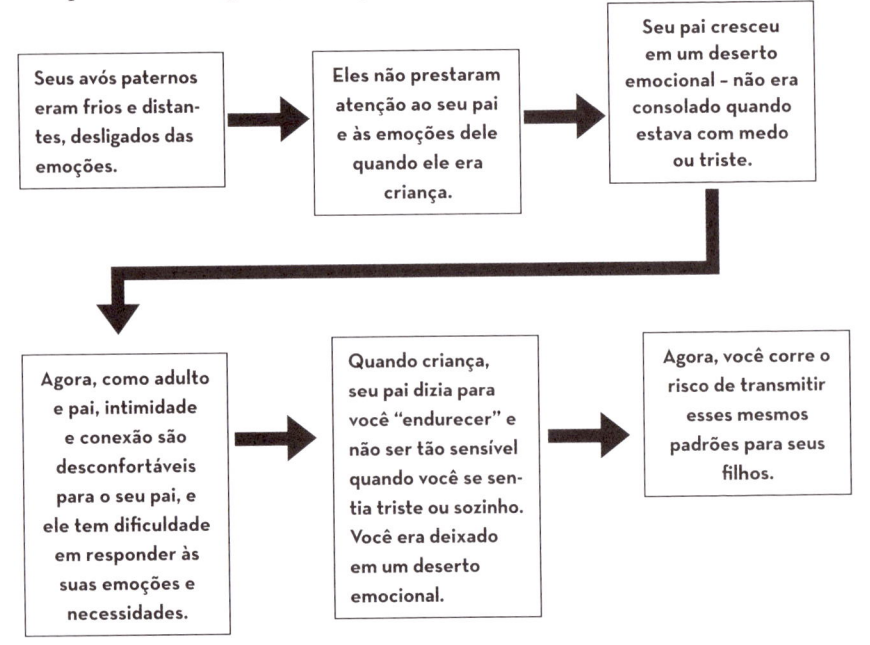

Seus avós paternos eram frios e distantes, desligados das emoções.	→	Eles não prestaram atenção ao seu pai e às emoções dele quando ele era criança.	→	Seu pai cresceu em um deserto emocional – não era consolado quando estava com medo ou triste.
Agora, como adulto e pai, intimidade e conexão são desconfortáveis para o seu pai, e ele tem dificuldade em responder às suas emoções e necessidades.	→	Quando criança, seu pai dizia para você "endurecer" e não ser tão sensível quando você se sentia triste ou sozinho. Você era deixado em um deserto emocional.	→	Agora, você corre o risco de transmitir esses mesmos padrões para seus filhos.

A boa notícia, porém, é que se você refletir sobre sua própria história e entender e encontrar sentido em suas experiências e nas limitações de seus pais, poderá quebrar o ciclo de transmissão desse tipo de dor. Uma infância difícil não condena você a ser um pai ou uma mãe ruim. Na verdade, ao dar sentido à narrativa da sua vida, é possível até mesmo transformar o sofrimento passado em suas forças parentais (se quiser explorar essa ideia mais profundamente, Dan e Mary Hartzell escreveram um livro inteiro que examina esses conceitos em detalhes: *Parentalidade Consciente: como o autoconhecimento nos ajuda a criar nossos filhos*, nVersos Editora, 2020.).

ENTENDENDO SUA NARRATIVA DE VIDA

Independentemente de nossa infância, todos adotamos estratégias que nos ajudam a lidar com nossas experiências de vida. Às vezes, esses comportamentos funcionam a nosso favor:

> *Como forma de lidar com o ambiente caótico da infância, Tim tornou-se muito organizado. Essa habilidade o ajuda a gerenciar com sucesso uma grande corporação.*

No entanto, às vezes, a forma como as pessoas lidam com as primeiras experiências também pode acabar limitando-as:

> *A habilidade de Tim em organização também é uma necessidade. Ele a usa para controlar o estresse que sente quando as coisas não saem como planejado. A desorganização o deixa ansioso e incapaz de ajustar seu pensamento. Para evitar isso, ele recorre ao planejamento excessivo a cada passo do dia e pode ser rígido e inflexível com seus funcionários.*

Quando você reflete abertamente sobre suas experiências de infância e como a vida com seus pais pode ter afetado você — para o bem e para o mal — você está se dando a oportunidade de compreender a si mesmo de maneira mais profunda e significativa. Como resultado, você poderá sintonizar com seus próprios filhos da maneira que eles mais precisam e prepará-los para ter suas próprias experiências de infância que incentivem (entre muitas outras coisas) o crescimento social, emocional e intelectual.

Para a reflexão final do livro de exercícios, queremos dar a você a chance de pensar sobre sua própria infância e como você foi criado. No espaço a seguir, escreva sobre as lembranças positivas que você tem do relacionamento que teve com seus pais. O que eles fizeram bem em termos de fazer você se sentir amado? Como demonstravam cuidados consistentes e carinhosos com que você podia contar? Pense sobre como eles expressavam que se interessavam por você, como você sabia que era compreendido e aceito e o que eles faziam para criar um lugar seguro para você se expressar. Escreva aqui seus pensamentos:

_____
_____
_____
_____
_____
_____
_____

Agora, escreva sobre o que seus pais poderiam ter feito melhor. De que forma você sentia que não tinha a atenção deles, que o amor deles nem sempre estava disponível ou que você só era aceito nos termos deles? Faça o possível para ser honesto sobre as deficiências de seus pais. Reconhecer onde eles podem ter decepcionado você não significa que esteja dizendo que eles eram pessoas ruins. O que você está fazendo aqui é se permitir lançar a luz da consciência sobre rótulos, pensamentos e impressões que tem sobre si mesmo e sua vida. Embora possa não ser totalmente consciente dessas ideias, é possível que elas afetem você. Escreva quaisquer lembranças e pensamentos que tenha sobre essas questões aqui:

_____
_____
_____
_____
_____
_____
_____
_____
_____
_____

A última parte desta reflexão é fazer o possível para entender de onde vieram essas deficiências. Por que seus pais foram incapazes de lhe dar tudo o que você precisava em termos emocionais e de relacionamento? Eles era muito ocupados (*com o trabalho, com outras crianças, com problemas de saúde* etc.)? Eles mesmos haviam sido feridos? Não tinham o conhecimento nem tiveram apoio para obter as ferramentas parentais de que precisavam?

Você não está procurando por desculpas para o comportamento deles, assim como não está procurando razões para julgar. Ao pensar e escrever, faça o melhor possível para simplesmente observar o que percebe. Provavelmente surgirão emoções, e tudo bem. Você vai querer lidar com elas em algum momento. Mas, por ora, tanto quanto puder, apenas observe o que vê sobre seus pais sem julgar. Você está simplesmente procurando um senso de compreensão e explicação sobre quem eles eram e o motivo que eles criaram você da forma que criaram.

Trabalhar com esse exercício — e, na verdade, com o livro de exercícios inteiro — é o começo de ser capaz de separar memórias ativadoras e emoções passadas não resolvidas de sua infância do que está acontecendo no momento presente com seu próprio filho. Depois que consegue fazer isso, você está mais perto de não apenas liberar o fardo dessas memórias, mas também ser capaz de ser o pai ou a mãe que realmente quer ser e de que seu filho precisa.

Queremos deixar esse ponto o mais claro possível: experiências iniciais não são o destino final. Ao encontrar sentido em nosso passado, podemos nos libertar do que de outra forma poderia ser um legado transgeracional de dor e apego inseguro e, em vez disso, criar uma herança de cuidados previsíveis e sensíveis e amor por nossos filhos, um relacionamento em que eles se sintam seguros, protegidos, vistos e tranquilizados.

Saber que nossos filhos vivem com — e através de — tudo o que estamos vivenciando é uma percepção poderosa que pode nos motivar a começar e continuar nossa jornada no caminho da compreensão de nossas próprias histórias, das alegrias e também das dores. Então conseguimos nos sintonizar com as necessidades e os sinais de nossos filhos, criando um apego seguro e uma conexão forte e saudável.

CONCLUSÃO
JUNTANDO TUDO

> *É extraordinário quando pensamos no impacto geracional da criação de filhos considerando o cérebro por inteiro. Você se dá conta do poder que tem agora para realizar mudanças positivas no futuro? Ao dar a seus filhos o presente de usar seus cérebros por inteiro, você está impactando não apenas nas vidas deles, mas também nas das pessoas com quem eles interagem*
>
> — O Cérebro da Criança

Queremos encerrar o livro de exercícios com uma última visualização que esperamos que o inspire a continuar no caminho da intencionalidade e da integração.

Dedique um momento agora, com os olhos fechados, a imaginar seu filho como um adulto. Seja o mais específico possível, imaginando o máximo de detalhes (formato do rosto, corpo, cor dos cabelos, olhos) que for capaz.

Agora imagine esse adulto — seu filho crescido — segurando seu neto. Que tipo de pai ou mãe seu filho será? Paciente? Respeitoso? Gentil? Presente? Em outras palavras, o que você terá modelado para seu filho e que tipo de expectativas você terá criado com a maneira como você o criou? Escreva sobre isso agora.

_____
_____
_____
_____

Oferecemos esta visualização não para pressionar você, mas para mostrar como é emocionante que você esteja se esforçando para ser um pai ou uma mãe autoconsciente e conectado. Ao fazer o difícil trabalho de examinar seu próprio estilo parental e pensar na melhor forma de criar seus filhos, você está oferecendo a seus futuros netos um presente importante, facilitando a integração com seus filhos. Você está se conectando com eles antes de redirecionar. Você está ensinando-os a nomear seus medos para que possam domá-los. Está mostrando a eles como focar sua atenção para que consigam assumir o controle de suas próprias emoções e ações. Ao fazer tudo isso, oferece a eles um legado que impactará significativamente as gerações futuras.

Mas, vamos dizer mais uma vez: você não é perfeito. E não será perfeito. Nunca! Nem nós quando criamos nossos próprios filhos. Nosso trabalho não é evitar cometer erros, tampouco impedir as crianças de enfrentarem momentos difíceis. Nosso trabalho é nos conectar com nossos filhos e percorrer com eles tais tempos difíceis. Como dizemos em *O Cérebro da Criança*: "A beleza da parentalidade do cérebro por inteiro é que ela permite que você compreenda que mesmo os erros são oportunidades para crescer e aprender. Essa abordagem envolve ser intencional sobre o que estamos fazendo e aonde estamos indo, ao mesmo tempo em que aceitamos que somos todos humanos. Intenção e atenção são as nossas metas, não alguma expectativa dura e rígida de perfeição".

Portanto, não coloque pressão sobre si mesmo. Divirta-se com seus filhos e esteja disposto a pedir desculpas e a reparar quando surgir um conflito. Tenha em mente que mesmo naqueles momentos em que está apenas tentando sobreviver até a hora de dormir, você pode usar suas interações com seus filhos para ajudá-los a prosperar. Para ajudá-los a serem mais felizes, mais saudáveis e mais completos. Que presente para oferecer não apenas a seus filhos e sua família, mas ao próprio mundo.

Com esses ideais em mente, queremos dar a você a última palavra. No espaço a seguir, escolha uma ou duas áreas nas quais gostaria de trabalhar agora para ser mais intencional com a criação de seus filhos. Você pode folhear o livro de exercícios, analisando suas respostas às perguntas que fizemos. Com base no que vir, escreva sobre alguns passos que você pode tomar agora para ajudá-lo a ser o tipo de pai ou mãe que quer ser — para seus filhos e para você mesmo.

_____
_____
_____
_____
_____
_____
_____
_____
_____
_____
_____
_____

SOBRE OS AUTORES

DANIEL J. SIEGEL é graduado na Escola de Medicina de Harvard e completou sua educação médica com pós-graduação na UCLA com especialização em Psiquiatria Pediátrica e de Adultos. Atualmente, é professor clínico de Psiquiatria na Escola de Medicina da UCLA, codiretor fundador do Mindful Awareness Research Center [Centro de Pesquisa da Consciência Plena] da UCLA, copesquisador no Center for Culture, Brain and Development [Centro para Cultura, Cérebro e Desenvolvimento], e diretor-executivo do Mindsight Institute [Instituto da Visão Mental]. A prática de psicoterapia de Daniel Siegel se estende por vinte e cinco anos, e ele possui uma extensa publicação direcionada ao público profissional. Seus livros incluem *Mindsight, Pocket Guide to Interpersonal Neurobiology, A Mente em Desenvolvimento, The Mindful Therapist, The Mindful Brain, Parentalidade Consciente* (com Mary Hartzell, M.Ed.) e os três *best-sellers* do *The New York Times*: *Cérebro Adolescente, O Cérebro da Criança* (com Tina Payne Bryson, Ph.D.) e seu último *Disciplina sem Drama* (com Tina Payne Bryson, Ph.D.). Ele foi convidado para palestrar para o rei da Tailândia, o papa João Paulo II, Sua Santidade, o Dalai Lama, na Google University e no TEDx.

TINA PAYNE BRYSON é coautora (com Dan Siegel) de dois *best-sellers* do *The New York Times*: *O Cérebro da Criança* e *Disciplina sem Drama*. É psicoterapeuta de crianças e adolescentes, diretora de criação de filhos do Mindsight Institute [Instituto Visão Mental] e especialista em desenvolvimento infantil na escola Saint Mark's em Altadena, na Califórnia. Realiza palestras e *workshops* para pais, educadores e especialistas em trabalhos clínicos em todo o mundo. A Dra. Bryson concluiu seu Ph.D. na University of Southern California e mora perto de Los Angeles com o marido e três filhos. Saiba mais sobre ela no *site* TinaBryson.com, onde pode assinar seu *blog* e ler artigos sobre crianças e criação de filhos.